U0065907

じん(自然の敵P)
Story:Jin Illustration:Shidu
插畫:しづ

KAGEROU DAZE 陽炎眩亂

1

-in a daze-

Kadokawa Fantastic Novels

CONTENTS

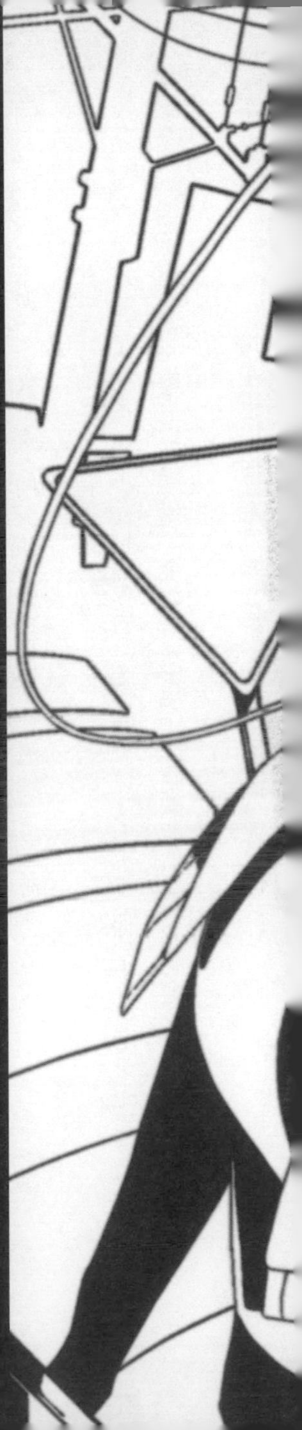

陽炎眩亂 I

──頭昏眼花。世界瞬間變成黑白。在這種狀況中，忽然瞥見萬里無雲的藍天與鮮紅……鮮紅標誌，以及……！只有這兩種對比強烈的顏色烙印在視網膜上。

眼前這片景象到底代表著什麼？

像個笨蛋一樣放聲鳴叫的蟬聲刺激耳膜。鐵的味道摻雜妳的香氣。

所有的感覺無視一切認知，像是直接毆打腦袋一般刺激。

斑馬線上面拖出一條像是燒焦的輪胎痕跡，以及大小與妳嬌小身軀差不多的紅線。事到如今明明做什麼也無濟於事，還是拚命跑過去，哽咽的熱氣傳到眼睛、鼻子、腦袋，進一步讓我明白這是現實。

躺在這裡的人不是妳。

不是上一刻還在聊天的妳。

只是某個紅色物體。

無論別人怎麼說，那都不是妳。

……突然感覺想吐，頭劇烈疼痛。視野像在水中睜開眼睛一樣變得模糊的同時，水珠滴落在柏油路上。那個好像來自我的眼睛。

張開嘴巴想要說些什麼，不知道是被蟬聲淹沒，或是打從一開始就沒有發出聲音，總之什麼都沒聽見。

要說出口。

方才下定決心要說出口。

要早點說出口才行。

晃動不已的陽炎就在一旁。
像是想要嘲笑、妨礙我和妳，只是待在那裡。
不要妨礙我。終於可以說出口了。
之後想怎麼嘲笑都行。所以現在先別理我。
雖然晚了很久，或許有點不舒服……
不管是有些任性的態度。
還是害羞時馬上會動手打人的習慣。
以及髮絲隨風飄動時傳來的氣味，妳的全部。
——我好喜歡妳。

人造ENEMY

被尖銳嘈雜的警報聲吵醒。心臟突然加速，白色天花板映入眼簾。在完全不知道發生什麼事的狀況下撞倒旁邊的小茶几，從床上跌落下來。

「……！」

用力撞到右腿脛骨。有如被火灼傷的疼痛延遲了一瞬間才傳導到大腦。

一邊懷著對疼痛與巨響警報聲的恐懼而眼眶含淚，一邊把有如雪崩落下的棉被拖過來包住身體的同時，警報停止了。

『早安！主人。』

聽到這個聲音的瞬間，我才完全掌握自己所處的情況。

我，如月伸太郎眼中含著淚水，以不自然的姿勢穿著一條內褲裹在棉被裡。從螢幕看著這副景象的，是眼眶浮現淚水，強忍笑意的少女ＥＮＥ。

＊

炎炎夏日。不久之前世人還在為了是否會因為隕石撞擊，或是馬雅文明面臨世界末日的謠言弄得人心惶惶，現在卻是「那個超人氣偶像首次主演電視劇！」等話題登上頭條新聞的和平景象。

對於因為職業關係，擅長時事方面的新聞，在網路世界爭論世界末日的最前線發表激烈言論的人，也就是我而言，不得不說現在缺乏刺激人心的話題。

雖說職業關係，現實中的我只是普通的十八歲高中生。不過目前自發性地在家反省，與網路世界的居民勤勞交換意見的同時，也擔任守護居家安全的警衛。至於基本的勤務內容，是一邊進行知識從零開始的同人音樂製作，一邊日以繼夜對於某動畫網站新上傳的動畫做出愛的抨擊，這個職業我已經從事兩年了。

題外話，尚未完成任何作品。

不過今天難得充滿幹勁！

一屁股坐在桌上型電腦桌前，一邊吃早上母親做給我的三明治，一邊看討論區。目標是某動畫網站排名第一名、來電鈴聲＆卡拉ＯＫ、暢銷專輯……！

最終目標還是想要獲得眾人的奉承。

平常這股空虛的意志不消幾十分鐘就會消失，回到平常以留言達人身分邁進的狀態。然而這個三明治除了母愛之外，似乎還加入特殊成分，感覺有點像是有神附身，樂句源源不斷地冒出來。

「這個……會大賣！」

我一邊開口一邊不停敲打鍵盤。作曲工作順利得教人不敢相信，內心甚至感到恐懼。不過打從剛才明顯刻意妨礙作業，可以說是病毒一般的存在在螢幕上晃來晃去，惹人心煩。

『今天的天氣好像很熱。哇啊！市中心的預測氣溫高達35度！』

『哇哇。光是市內就有大約十人中暑送醫。主人外出時也要記得做好防護措施喔！』

我真搞不懂會在這種日子出門的傢伙。

倒不如說打從一開始，我就搞不懂那些會出門的傢伙。

『對了，關於今天的警報聲，是某國發生危險程度等級四以上的警報，然後調整為主人最討厭的頻率——』

「今天的警報聲是怎麼回事！明天也會響嗎！……啊！」

忍不住吐槽了。這下糟糕。

一邊在螢幕左右移動，一邊開啟這個無聊話題的傢伙突然停下來，以彷彿要說「來了！」的模樣露出笑容，興高采烈繼續說道：

『啊，不小心破梗了～那麼明天得準備更刺激的才行！不了不了，不收取任何費用，只要看到客人開心的模樣就足夠。』

「妳是哪來的推銷員！我就是因為妳的關係才瘀青吧？這是傷害事件吧？」

面對一邊發出『喔——呵呵。』詭異笑聲一邊搓手的她，我指著看起來很痛的傷痕全力指責她。

不過這樣抵抗也很空虛，只見那傢伙頭上浮現問號表示疑惑，偏頭裝傻。

8月14日凌晨3點。家中響起突如其來的巨大警報聲，姑且不論我，就連母親都被吵醒。跑過來查看的母親看到兒子對著螢幕上的「可愛女生」大聲怒吼。

發出相較於警報聲，更加會對鄰居造成困擾的吼叫聲，赫然看到拳頭從眼前飛來，醒過來的時候已經天亮了。

事到至今，即使不看鏡子也知道臉上應該有可怕的瘀青。

「認真拜託饒了我吧……要是電腦壞掉怎麼辦……真的會死喔？」

『喔喔喔……主人真溫柔！比起自己居然更加擔心我！今天早上也是醒來之後馬上來到我身邊！』

面對露出古早少女漫畫之中才會出現的閃耀光芒的眼睛，並且在畫面上無限放大的傢伙一陣怒吼：

「我要把妳刪除！還有電腦壞掉會死的人是我！」

『又在說這種話了……主人可是品德高尚之人……真了不起！』

真是不像話。

這傢伙真的很不像話。我受夠了。

事情為什麼會變成這樣……

大約一年前，我收到寄信者不明的神祕電子郵件。自從打開那封現在肯定不會開啟的電子郵件之後，我的生活壓力多到可笑的地步。

隱藏在電子郵件附件裡的這傢伙剛入侵我的電腦，瞬間就占領電腦的「一切」。

當時的我還搞不清楚到底發生什麼事。那傢伙無視層層疊疊的應用程式視窗，以幾何學的表現占滿整個桌面的同時，統合成藍色頭髮綁成雙馬尾、全身微微發光的閃亮美少女。

剛開始看到那個模樣還覺得「可愛」。我也曾經有過那樣的時期。

是啊，當然有過。

突然出現的那傢伙，營造出此類故事的女主角出場時「是你救了我吧……和我一起作戰……」的氛圍。

當時徹底邊緣化、身為魔窟居民的我心想這是「抽到主角卡了！」開心不已，接下來將會有與神祕組織作戰、世界各地發生異常事件、出現神祕怪物、同伴集結……！這正是讓人心動不已的故事第一話！完美過頭的邂逅，讓人誤以為是這麼回事。

然而──

完全沒有覺醒任何超能力、沒有魔眼覺醒，不要說是同伴，就連下訂的商品都沒有送來，至於怪物，頂多只看到蟑螂。話說回來，初次邂逅的對話是『啊，從今天起請多多指教～』「啊，好……」從來沒看過有這種台詞的冒險故事。

當初總之先聊到身世……話雖如此，並不是麼多深入的話題，基本上還算正經。

聽到當時的我莫名尊敬地詢問：

「妳到底是什麼？我從來沒看過、沒聽說過這種軟體……」

她的回答是『我也不太清楚耶～』。大概就是這種感覺。

呃，即使如此也算是有所對話。畢竟她回答了問題。

過了一個星期之後或許是習慣了，她的行為漸漸變得詭異，開始做出妨礙作業或者整人的舉動。像是把我存放自己寫的丟臉傷感歌詞等內容的資料夾，擅自更名為「TONSOKU」（註：日文中「豚足」的羅馬拼音，也就是「豬腳」的意思），或是把我在日常生活收集珍藏的圖片資料夾改名為「性欲的墳場」……

一個月後，擅自改名的行徑遍及整個電腦，連我自己作曲的試作檔案也擅自改為「如果用這個創作專輯，似乎可以開拓新的領域……」這種越來越感性的標題。

面對這一切的舉動，我當然憤怒咆哮到喉嚨沙啞的地步，不過特別寫出來也沒什麼用，所以就不提了。

「話說……妳改了我的登入密碼吧？」

沒錯，打從今天早上開始完全無法登入動畫網站。我不記得有改過密碼。這麼一來，十之八九是這傢伙幹的好事。

『喔喔！真不愧是主人，反應好快，真開心！』

「改回去……馬上……」

『好啦好啦，不用這麼心急——因為這樣，我準備了這個！』

面對『需要儲存嗎？』的詢問選擇『否』，螢幕上的所有視窗瞬間關閉（不是最小化）。

「呀啊啊啊啊啊啊！」

接著螢幕上出現類似星期四黃金時段節目的四選一問答。

『就是這樣，第一題！只要答對這題就告訴你第一個密碼——』

「妳是白痴嗎！想死嗎！這個！曲子！這是！」

我從椅子上站起來，對著電腦螢幕破口大罵的模樣，看在旁人眼裡想必滑稽至極吧。就連眼前這個傢伙也露出「哇啊……這個人是怎麼回事……好危險……」的表情。不，我會這樣都是妳的錯。

「唉～～……」

全身突然失去力氣，就這麼抱頭趴在桌上的瞬間，手肘傳來討厭的觸感。

『啊啊！主人主人！飲料！』

「咦？」

——喝到一半的碳酸飲料翻倒在鍵盤與滑鼠上。

第二次的慘叫聲響遍房間，連忙把面紙丟到鍵盤上。

看到逐漸滲進去的含糖液體，腦中閃過最壞的情況。

不能想。眼前要全心全意搶救這條生命！

擦乾淨之後趕緊試著打字，只能打出來「o,r,t」這些字。

看樣子是沒救了。不甘心的眼淚滑過臉頰。

『主人！滑鼠滑鼠！』

這個呼叫聲讓我立刻回過神來。

對了，說不定還有生命有救！

我強忍淚水拿起滑鼠。

「拜託……！回來啊……！」

我一邊自言自語一邊用面紙擦拭，不知道過了多久。

確認滑鼠的狀況，只有右鍵有反應。螢幕上無情顯示右鍵功能表。

世界究竟是由多少不講道理的事物組成？

這些人到底做了什麼，這未免太殘酷了。

『啊！主人，這個只能打出tororo！啊，請等一下toror——』

「別再說了……拜託……」

雖然有股衝動想把這傢伙當成廢棄電腦加以處理，但是就算這麼做，死的人也是我。用手遮住臉細細咀嚼絕望感，將無處可去的怒氣嚥進肚子裡。

——陷入沉默。房間充斥著空調運轉的聲音，吹到腳邊的冷空氣逐漸冷卻腦袋。沒錯。這就是這傢伙最麻煩的地方。過去做出許多奇異的行為讓我憤怒抓狂，忍不住動手刪除。但是這傢伙似乎在網路上存有備份，每次連線上網之後總是會復活，在刪除的下個瞬間，好像什麼事都沒有發生似地占據螢幕。那麼離線不就好了嗎？我很清楚自己連幾小時都無法忍耐那種有如地獄的環境。所以才會出現這種惡性循環。

簡直是人類親手創造的敵人。因為是ENEMY所以取名為「ENE」。雖然我不認識對方，不過讓這麼高性能的人工智慧擁有超出常人的性格，肯定是個討人厭的傢伙。

「唉……」嘆了一口氣。這一連串的行為，前後已經重覆過很多次。不過今天未免發生太多事了。對於這傢伙毫無邏輯的惡作劇，若是我以外的人恐怕早就發瘋了。真虧我能夠撐到現在。

雖然很想得到某人的稱讚，可惜我是孤獨一人。家裡蹲尼特族。已經不行了。

任由這些無可救藥的想法不停在腦中打轉，不知道過了幾分鐘，突然發現四周異常安靜。雖然是我叫她閉嘴，不過難得這傢伙會乖乖聽話。我慢慢把目光轉向螢幕，出乎意料的畫面映入眼簾。

畫面中列出許多家電購物網站宅配到府的相關情報。不過令我驚訝的不是這個，而是那傢伙露出一邊感到抱歉，一邊低頭偷看我的模樣。

那傢伙的目光對上我的視線，馬上『啊，不……』移開視線，伸手指向已經不行了的鍵盤與滑鼠。

『呃，那個……我沒有想到事情會變成這樣……這叫玩笑開過頭了嗎……？』

這傢伙在說什麼……？我不由得歪頭，看到她像是在等待什麼反應的態度，遲了瞬間總算理解。

「咦……？該不會是在反省吧……？」

『……！』

她大吃一驚，馬上低下頭。

看到她夾著雙腿忸忸怩怩的模樣，不由得想起一開始見面的感覺，連我也跟著低下頭。

莫名的緊張感支配當下。總、總之得說些什麼才行……！

「不，既然發生了也沒辦法……反、反正也很舊了，心想差不多想換……」

如此說道的我把目光拉回螢幕，那傢伙轉身背對我，一個接著一個查看網頁：

『就、是、說、啊～～！哎呀我也覺得買新的比較好！話說真虧能夠用到現在～～這下終於不行了！』

張口結舌說不出話來。

在我的人生經驗裡，有過無法理解到這個地步嗎？

此時的感覺已經不是憤怒或悲傷，而是無限的空虛感。

『咦？對了，這下糟糕～～……』

正當我沉浸於這個感覺時，突然對那傢伙的發言有些在意。

「說什麼糟糕，有什麼問題嗎？總之能用就好，幫我找個可以當天到貨的。」

『這個嘛……我的確有一點責任。』

「不只一點吧！」

『主人要是沒有這個，大概今天還是明天就會死……』

「應該吧。」

『果然是吧。所以我找了很多……主人，今天是幾日？』

「啊？今天是14日……吧？應該……啊！」

突然驚覺的我看著視窗當中的搜尋結果。

全部都顯示「本日無法配送」的文字。

『因為是中元假期啊。到處都在放假，幾乎都要從後天才開始送貨。』

我感到一陣暈眩。

「後天……？兩天後……？」

我忍不住往後靠在椅子上。

兩天。按照一般人的想法，應該不算什麼。

但是對我來說，沒有比這更嚴重的生死問題。

叫我兩天不吃飯，那就兩天不吃飯吧。

叫我兩天不睡覺，那就兩天不睡覺吧。

——然而這件事另當別論。

已經像呼吸一樣自然，那就好像叫我不要呼吸。

一般人可以兩天不呼吸嗎？當然不可能。

兩年前開始這種生活，我的身體已經到了不上網就會死的地步。雖然也有手機，但是家裡不知為何收訊很糟。而且太少使用，現在就連能不能上網都是問題。

幸好電腦本身沒壞，但是操作設備完全陣亡，「這個箱子」完全派不上用場。如果坐在螢幕中央的這傢伙「稍微聽得懂人話」，說不定事態就沒這麼嚴重。只要向這傢伙發出指示，代替我操作即可。

但是要我和這傢伙相處兩天，明天真的會因為壓力或是胃穿孔什麼的而死吧。

基本上她和我說話，我都是採取無視的態度，才能勉強沒有胃穿孔活到現在，現在居然要我拜託她所有事？如果我真的提出這個提議，這傢伙應該會像拿到新玩具的小孩子一樣兩眼閃閃發亮答應吧。

實際上，她從剛才就一直投來彷彿在說「來吧……你已經沒有選擇的餘地了吧……？來吧……！」的熱情視線。

——眼前只剩兩條路。

是要放棄電腦而死？還是成為這傢伙的玩物而死？

「這兩個選項都太過分了……」

絕望感伴隨著沉重的嘆息流洩而出。

老實說，即使自己也覺得這樣很蠢，不過我有下線就會死的自信。這不是開玩笑。在這種世界都很愚蠢的狀況下，對於只能選擇死路的自己，忍不住流下淚水。

『……那個～』

「什麼啦……」

『嗯，就是……我認真想過了，這次我做得有點超過……』

在她說這些話的同時，再次做出剛才那個欺騙過我，低頭忸忸怩怩的動作。

「妳的道歉模式未免太少了！我不會再上當了！」

『不、不是！請等一下，這是真的！真的有在反省！我願意為這次的事，做主人三天甚至四天的手腳！』

她用力抬起頭來，提出奇怪的主意。

「啥？」

『那個，所以說在訂購的商品送來之前，我可以代替鍵盤供主人使喚！我不是在說笑！我會照主人的吩咐去做……！真的……』

眼眶微微泛淚，接著把頭抬得更高。

這傢伙……！居然還有這種表情變化……！

這樣就可以讓十八歲的處男心跳加速。真是遺憾。

但是我不能這麼簡單就此退讓……雖然如此心想，不過她從剛才就一直在認真搜尋購物網站，莫非真的在反省——？

正當我如此思考時，突然看到那傢伙在背後輸入一些文字。

怎麼回事……？

在左下角的畫面深處，仔細一看，發現正在改寫原先的四選一猜謎問題。

『問題①
只要答對這個問題，即可輸入一個主人想要搜尋的文字！
答錯的話將把主人珍藏的圖片一張一張在網路上公開，
請小心作答——』

「……喂。」

眼睛還是一樣水潤，可愛地偏頭表示疑惑。
不過我對這個表情已經沒有任何感覺。
「後面的那個。」
『……？……啊！』
她急忙轉過頭同時終止應用程式，然後什麼事也沒有地再次用水汪汪的眼睛看著我。表情明顯變得比剛才僵硬，像是要掩飾這點一般增加眼睛的含水量。
「…………」
『請、請問～……？』

「……夠了。」

『咦？』

——兩年了。雖然想起過去的種種會為之感傷，但是為了生存只能這麼做。

我從椅子上站起來，打開衣櫃。由於就連附近也不去，所以平常只有輪流穿幾件衣服。因此基本上不會用到衣櫃。

不過只有今天。唯獨今天打開它。

『主……主人！』

聲音聽起來好像「你怎麼可能從後面追上來！」那麼驚訝。

拉開衣櫃第一層，可以看到連帽外衣與運動外套整齊排列在抽屜裡。

之前穿著這些衣服，遭到隔離的回憶一口氣跑進腦中。

「唔……」

回想起以前的種種，一陣舊傷刺痛的感覺襲來。甩甩頭拿起疊在右邊最上面的運動外套，關上抽屜。

接著拉出第二層，裡面的工作褲與短褲同樣疊得整整齊齊。挑選卡其色的工作褲後，一樣很快關上抽屜。

『主人！您怎麼了！』

那傢伙看到我脫掉一直以來穿著的居家服，換上從衣櫃拿出來的衣服，像是見到不可思議的事物一般慌張開口：

『之前從來沒做過這種打扮不是嗎！這到底是……？』

「……買東西。」

『……咦？』

「出門買東西！不行嗎！」

『買……東西……？』

「沒錯……我自己去買。不用妳幫忙。」

看來這是出乎意料的回答。

這傢伙到底以為我接下來要做什麼。

『買東西嗎……！什麼嘛，嚇死我了！還以為是要自殺呢！』

「才不會！誰會因為鍵盤被飲料潑到就去死！」

『主人就會。』

「……好吧……」

或許真是如此也說不定。雖然遺憾，過去確實有過這種經驗。

一邊進行旁觀者聽了會很無聊的話題，一邊準備出門。

「……好了，就這樣吧。」

把運動外套的拉鍊拉到最上面，更衣完畢。

好久沒穿比較合身的衣服，因此有如第一次穿一樣，感覺有些緊張。

『咦～～！沒想到還挺帥氣的！雖然平常的打扮感覺沒救了。』

「喔喔……是嗎？這樣還可以吧……？」

『非常好喔！很有男子氣概！』

「是嗎？總覺得有點不好意思。」

雖然有點害羞，還是喜形於色地往螢幕看過去，發現畫面中排滿頂尖時尚型男。然後從圖像另一邊傳來『不，真的很帥！真不愧是主人，有品味！』

「這樣心情反而更糟……別說了……」

『咦？怎麼會呢？』

「算了。我早就知道了……」

出門的意願頓時遭到削弱。不過我不打算就此退讓。

我拿下掛在衣櫥的包包，繞過頭部掛在脖子上。

大致準備就緒。接下來是一些小東西。

「呃，錢包還有……其他不需要吧。」

從床上的枕頭旁邊拿起平常只有網購時才會用到的錢包。

「差不多就是這樣。呼……那麼出門吧。」

深呼吸一口氣，接著走近房間門。

『請、請等一下，主人！』

當我把手放在門把的瞬間被叫住了，轉身面對電腦。

「又怎麼了……？夠了，不要再做奇怪的事。」

『不……那個，您不是很久沒出門了嗎？所以說那個……比起一個人，兩個人一起出門應該比較好吧？』

「兩個人？我沒有人可以約。」

我現在完全沒有保持聯絡的朋友。雖然我也不打算找就是了。

『不，就說不是這樣……呃……那個，我可以做類似導航的工作……』

一副要我快點察覺的態度。我當然不是沒有發現「帶我去」這個訊息，不過總不會要我扛著電腦出門吧？

「妳要怎麼去？妳要是出來我就帶妳去。」

『咦？真的嗎？那麼我現在出去，那個……！』

那傢伙露出笑容，伸手指向床邊的小櫃子。

——上面擺著布滿灰塵的觸控式手機。

＊

炎炎夏日。真的是夏天最熱的時候。夏天會熱到這種地步嗎？

彷彿可以聽見直到剛才還在室內享受冷氣的身體，「噗咻……」噴出汗水的聲音。

走到這裡不過二十秒。才剛踏出門口，生命值就逐漸減少。

『啊～測試測試。主人聽得到嗎？啊～～啊～～』

「……還是回去好了……」

『咦？主人說什麼？請靠近一點再說～』

「不……沒事……」

這個提不起勁的聲音所有者，應該沒有所謂熱的感覺吧。真令人羨慕。戴著耳塞式耳機，拿著手機的動作像是在用無線電對講機，看在旁人眼裡有如在進行作戰任務吧。

今天早上響起由她搞出來的巨大警報聲、威脅要用我的本名在母校官網留言板徵友，最後還被迫帶她一起來。

滿面笑容的那傢伙有如待機畫面出現在手機螢幕上。不過她似乎不打算安靜當個待機畫面，眼睛不停四處張望。

真沒想到會有被軟體操縱的一天……

與其說是導航員，更接近現代瘟神的感覺。

一走到路上，更能感受夏天的威力。

由於熱氣產生的陽炎在路面上搖晃。

這種感覺好像南北極的生物，突然被扔到薩瓦納。

「好熱」。管它是因為濕度還是溫度……總之就是「好熱」。

「不會吧……夏天都像這樣嗎……？」

『所以剛才不就說了！今天似乎有很多人因為中暑送醫。啊，主人有帶健保卡嗎？』

「帶了……隨時送去都ＯＫ……」

出門時順便帶了一些東西，就算臨時發生意外也沒問題。

即便是最糟的情況——昏倒在某處也可以用來辨識身分。

『喔喔！那我就放心了！好了，快點走吧！』

「好……話說為什麼妳能說出這種話？到底是誰害我——」

『啊！主人，這個十字路口右轉，右轉！』

「咦？現在這條路？喔喔，抱歉……我好像不記得怎麼走了。完全搞不清楚自己現在身在何處。」

『主人真的很久沒出門了。記得您最後一次出門好像是在兩年前？現在和當時的地圖好像完全不一樣囉？』

因為熱得快暈倒所以沒注意，仔細一看街道確實改變很多。

高到不合理的大樓、新蓋好的公寓，把記憶中僅剩的資訊全都加以覆蓋。這就是一般說的都市開發吧。在這個都市住了很長一段時間，照理來說兩年的改變應該不至於這麼大。還是因為窩在家裡太久沒出門，才會造成這種落差感？

就好像有人在一點一滴改造自己居住的城市，這種感覺隨著步行漸漸浮現。這個城市的居民，包含自己在內，說不定誰都沒注意到這一點，繼續度日。

一邊想著這些事一邊走回十字路口，依照指示右轉就看到大馬路。沒想到我們家位在不錯的地段。交通流量大，人潮前進的速度也很快。在左右兩旁的建築物遮蔭下的直線道路前方來來往往的人群，與平常在螢幕上看到的景象沒什麼兩樣。

『那個，沿著這條大馬路一～直靠左邊走喔。然後要右轉……主人？』

「咦？喔……喔。原來如此。接下來往哪裡走？」

『就說沿著這條大馬路靠左邊走！之後往右邊！主人怎麼了，您好像心不在焉……啊！該不會已經中暑了吧？』

「不，不是這樣的。總覺得有點奇怪……那裡真的有百貨公司嗎？」

至少兩年前沒有那麼大型的百貨公司。想買點像樣的家電還得跑很遠才行。

『真的有啊？唔～～……網頁上寫著『城市中的百貨公司！從家具、家電到廚房用品一應俱全』……啊啊！不過這家店今年春天才開幕。』

「啊……難怪我不知道。可是為什麼要蓋在這裡……」

『唔～這一帶最近似乎是正在積極開發的區域。從這裡右轉走一小段路有一家大型醫院、再往前是新學校……對面好像還有大型圖書館。這些好像都是從去年底到今年初一口氣蓋起來的。』

「蓋了那麼多東西！真的變了好多……喔，終於走到大馬路……」

穿過直線道路的同時，街道全景在眼前展開。

廣告看板、行道樹、辦公大樓，還有餐廳。

穿著制服的學生、單手拿著手機為了什麼事一直道歉的上班族。

這些全都發出聲音、聲音、聲音。

不得不去接收的種種訊息，讓我產生類似暈眩的感覺。

「嗚哇啊……或許已經到達極限了。回去吧？好，回家。」

『好像很多人。中元假期感覺真可怕。加油！』

「不理會我的意見啊……啊啊～真的好多人……」

比剛才的小路維護得更好的步道，除了有行道樹遮蔭，路面也比較好走。

不過體感溫度隨著來來往往的行人與車輛一口氣上升。

一邊抱怨一邊前進，來到巨大的十字路口。

『因為主人要是待在家裡之後一定是「要死了～要死了～」吵個不停吧？所以請稍微忍耐一下！』

「我說妳……啊啊，不行，我不想再跟妳說些無意義的話浪費體力。喔，綠燈了。過馬路吧……」

在號誌轉成綠燈，通過十字路口的同時，看到不遠的前方有座公園。裡面設有盪鞦韆、攀爬架、噴水池等只要是小孩子都會忍不住飛奔過去的人氣遊樂設施。然後繼續往前走，就能稍微看到至今大概是被行道樹之類的東西遮住視野，大型百貨公司特有的巨大招牌聳立於右邊的建築物上。

「比比比比想像中的規模還要大……！居然蓋了這麼大的百貨公司……」

『聽說是附近規模最大的百貨公司！順便去看看衣服之類的如何？』

「白痴啊。我不是說只有今天才出門嗎？我受夠這種熱到不行的世界了。」

『說得也是～～！早就猜到主人會這麼說！應該說如果主人說出要買衣服回去這種話，才應該要打１１９！』

「我是原始人嗎？當然會買衣服！白痴！」

『喔喔，那麼要去逛一下嗎？』

「不、不了……今天不去也沒關係……」

瞬間聽到『噗呵呵……』的抿嘴竊笑聲。

感覺自己的臉變紅，於是把手機收進口袋裡。

『哇啊！主人，我開玩笑的！下次再來吧？好嗎？』

放在口袋裡的手機應該聽不到外面的聲音吧。

「下次……啊。」不由得喃喃自語。

沿著招牌的路標前進，再次看到四線道交錯的十字路口。

右手邊的建築物之間有個缺口，百貨公司就在十字路口的對面。

——建築物的全貌只能用「巨大」來形容。

不知道有幾個網球場大的停車場塞滿車輛，絡繹不絕地從道路進進出出。

在各式各樣的車輛對面，百貨公司是由兩棟十層樓以上的建築物構成，每一層各有幾條拱形通道連接。

「……這真是太厲害了。兩年就能蓋出這種規模的建築嗎……？」

『啊！已經到了嗎？主人～？』

「現在正在過十字路口。還沒到。」

『我也要看！拜託您了，主人～～！』

「啊啊，吵死人了！好啦！我知道了！」

因為過度無視音量的怒吼，讓我不得不拿出手機，把附在背面的鏡頭朝著百貨公司的方向。從旁邊看起來就像是拍照留念吧。

『哇啊……！這真是太厲害了！簡直就是城堡！』

「的確，到了這個地步，與其說是百貨公司，還比較像是城堡。」

『嘿……啊！屋頂好像有遊樂園！我們去玩嘛！』

啟動手機的震動功能，應該是在表現喜悅吧，情緒比過去都還要亢奮。

「我才不去！話說妳去了也不能做什麼吧……」

『唔……』

震動停止，突然傳來收到電子郵件的聲音。

當然不會有人寄電子郵件到這個手機，所以想也知道是這傢伙搗鬼。

「……搞什麼啊？」

低頭看向手機，只見她露出不悅的表情瞪過來。

面對難得帶有攻擊性質的視線，不禁感到動搖。

『主人真是遲鈍！我也有幾個想去看看的地方！』

「啥？就說妳去了也不能搭乘，有什麼好玩的？應該很無聊吧？」

『……！算了！主人一個人去買東西、一個人去坐旋轉木馬吧！』

「所以說我沒有要坐……」

才剛露出嚴厲的表情，下個瞬間電源就關閉了。不，畫面還有顯示日期與時間，所以應該是省電模式？無論如何，只見畫面全黑，沒有任何聲音。

「喂！搞什麼啊，喂——……」

不管多麼用力搖晃手機或是按壓手機按鍵都沒有反應。顯示日期與時間的部分，正在宣告時間一分一秒經過。

時間剛過中午十二點半。

「搞什麼嘛……完全搞不懂在想什麼……——呃！」

正當走過十字路口時，或許是因為在百貨公司的入口附近停下腳步，突然撞到人。

「啊，哇，不好意思——」

抬起頭來，突然看到視線交會的「眼睛」……時間瞬間凍結。

明明是炎熱夏天卻穿著淺紫色長袖連帽外衣，帽子拉得低低的，很勉強才能看到對方的視線。那是讓人感覺無比冰冷、接近無機物質的表情。

彷彿看到了不該看的禁忌，背脊感覺到寒意的同時，汗水似乎從體內冒出來。

「呃……那個……這個……對、對不起——」

社交恐懼症瞬間表露無遺，還是一邊低頭一邊狼狽道歉。完蛋了。我會被殺。母親，謝謝您一直以來的照顧。死前至少希望能交個女朋友。

「……不用道歉了。我也有不對。」

「咦……？」

抬起頭的瞬間，那傢伙早已消失無蹤。

雖然周圍有很多人，不過並沒有多到足以讓一個人瞬間消失，而且在馬上能夠到達的距離裡，也沒有看似偽裝的物體。

渾身無力差點一屁股坐下，不由得把手撐在膝蓋上。心臟到了此刻才劇烈跳動，有如共鳴一般冒出大量的汗水。這並非太久沒有接觸外人的關係，那確實是有史以來看過最為冰冷的眼神。

應該不是因為被我撞到這麼無聊的理由。我感覺到更深……更難以想像的沉靜。

『——……事吧……？』

「……咦？」

『我在問主人沒事吧？』

從口袋拿出手機查看畫面，不知道什麼時候再度現身，只見那傢伙坐在畫面中央，不過還是一樣鼓起臉頰。

『啊……原來妳還在。還以為消失了……啊。』

話才說到一半，那傢伙的臉已經變成紅色。這下子應該不太妙吧？不，確實很不妙。雖然沒看過這傢伙發火的模樣，不過肯定不是好事。

「不！抱歉！我開玩笑的！真的很抱歉！妳看，那個頂樓像是遊樂園的地方！晚點去那裡看看吧！好嗎？」

支配那傢伙臉上的紅色瞬間退去，眼睛閃耀光芒。

雖然只是一瞬間，不過確實說出口了。這下糟糕。

『遊樂園嗎？真的嗎？主人剛才說要去對吧！』

手機的震動令人手麻，兩眼的閃光也叫人心煩。

「咦……？啊……喔、喔！偶爾去一下也不錯！」

『就這麼說定囉？嗯……！啊！我要坐上上下下那個！還有那個那個……！』

出乎意料的愉快回應令人不禁有些後悔，不過倒是不覺得討厭。

就連剛才那傢伙的事也變得無所謂了。

原來這傢伙也會對外面的世界感到驚訝。

她無法感受味道與冷熱，正因為這樣，外面的世界說不定看起來比我更加有魅力。

通過大門，一邊含糊應對接連提出的要求，一邊走進百貨公司。

連接百貨公司入口的石板路，應該花了不少錢設計吧。整體看起來極富裝飾性，由好幾種顏色的長方形石塊組成。

其中一定有著我這種普通人無法理解的抽象概念。

完全無法理解設計者意圖，只能快步通過朝向兩棟建築物之一邁進，接著抵達聳立於左側的建築物。

突然從正下方抬頭往上看，那個高度給人直達天際的錯覺。

巨大的玻璃門前，同樣放有裝飾講究的樓層告示牌。

而且彷彿高級畫作一般裱框。

「呃，家電……喔，在七樓嗎？」

『先坐那個上上下下的，再坐雲霄飛車。之後還要坐摩天輪……』

「啊啊，我知道啦！走了！」

由於她好像在唸咒不斷重覆，就連我也能在腦中想像「坐完上上下下的再坐雲霄飛車」的畫面。

『那就快去把東西買一買吧！滑鼠！鍵盤！』

「我先買個飲料……」

走到門前便會自動開啟，涼爽的空氣瞬間迎面而來。

「哇啊……」

這股快感讓我不由得發出聲音。

『哇啊，主人真的不是普通噁心！』

「對於努力走到這裡的主人，妳的第一句話就是這個嗎！」

……糟了。

忍不住大吼了。帶著全家大小在一樓的夏季特區享受購物樂趣的客人，全都在同一時間對我行注目禮。年幼的少年伸手指著我，露出天真無邪的笑容。

「啊……啊，不……哈哈……」

一定被認為是個腦袋有問題的男人了。我一邊露出莫名和善的笑容，一邊讓少年看到我快步消失在電梯間。

絕對不要變得和我一樣喔，少年。

電梯間位在距離購物空間稍遠的地方，那裡擺著長椅與自動販賣機。有幾名老人家，以及逗弄娃娃車裡嬰兒的人坐在那裡休息。

「是自動販賣機……唔喔喔喔……！」

不知為何忍耐「到了之後再買……」的飲料終於要到手了。

喉嚨乾渴的程度，已經到達每次呼吸都覺得黏在一起的地步。

從錢包裡拿出千元鈔票，塞進自動販賣機。

我的目標是風靡全球的碳酸飲料。

一想到黑色含糖液體接下來將會流入體內，便忍不住為之雀躍。

在按鈕亮起的同時迅速按下。僅僅花了0.3秒的時間。神一般的速度。

「喀啦！」的聲音真是悅耳。自動販賣機的魅力之一就是這個。好久沒聽到的聲音，讓我不禁熱淚盈眶。

慢慢伸手拿起的罐裝飲料，冰涼到不像是這個世界上的物體。光是用手握著都是奢侈的幸福。有股衝動很想用全身磨蹭這個飲料，不過那是變態行為。

終於用顫抖的手打開。「噗咻！」的聲音再次刺激耳朵，冒著氣泡的碳酸香氣撫慰鼻腔。忍不住一口喝下。「滲入體內」已經不足以形容，感覺全身上下都獲得滿足——

『……主人呼哈呼哈的感覺好噁心。』

「噗哈……啊啊啊……」

『噁心的程度非比尋常。』

「吵死了！換成是妳也會這樣！肯定！」

『並不會。話說主人，電梯來了！』

四部電梯當中最左邊的門開啟，馬上湧出大批人潮。等到所有人都出來，等候已久的客人才一個接著一個走進電梯。

「咦？啊啊，沒關係，搭下一部電梯。喝完這個再走。」

如此說道的我一邊享受碳酸的芬芳，一邊咕嘟咕嘟喝下含糖液體——

『啊啊啊！電梯要走了！拜託喝快一點！』

「我說搭下一部電梯！妳沒看到我正在喝嗎！」

『怎麼這樣……再不快點就要休息了！』

「哪有這麼早休息的遊樂園！不管妳怎麼說，電梯都客滿了。」

還在排隊的人目送爆滿的電梯離開。

「我會搭下一部，慢慢等待吧。」

不理會她發出情緒低落的震動，不自覺地看了電梯的方向一眼。

只需輕按的上下面板，箭頭果然也是帶著低調設計感，從小地方就可以看出經營者做事很徹底。左邊的電梯旁邊，可以看到一段像是介紹這間百貨公司的文字裝飾在牆上。

「喔，上面寫說『本館擁有由電腦管理的最先進防災技術，任何狀況之下都能保障館內的安全』。」

『最先進嗎？那麼明年「最先進」的部分就會消失了吧。』

「不，妳別找碴……我想明年應該還會再引進最先進技術吧。總之它想要傳達的是不只講究外觀，連內在也很棒吧。」

『喔……聽起來好像很厲害。』

「很厲害吧。喔，電梯來了。」

距離最近的電梯顯示「１」的數字閃爍，大批人潮如同剛才蜂擁而出。等待裡面的人都走出來後，接著也和剛才排隊等待的客人一樣，一個一個走進電梯。

以站立的位置來看，應該可以順利搭上電梯。我把空罐子丟進附近的垃圾桶，隨著人群走進電梯。

先進去的人似乎已經按下電家賣場的「7」樓按鈕，只見面板上的橘色數字燈亮起。由於在擁擠人群中很難按到，因此有人先按真是幫了大忙。等到載客量到達上限，電梯門安靜關閉開始上升。雖然冷氣很強，不過這樣的人口密度還是很熱。雖然暗自希望趕快抵達，但是在七樓之前幾乎每層樓都停，人潮不斷進進出出，好不容易總算到達。

電梯門打開，我跟著幾名乘客魚貫走出電梯。

那裡是個與有夏季服飾、泳裝、食品賣場等規劃的寬廣一樓截然不同的世界。

其中有一面牆全是玻璃窗，陽光把店內照得十分明亮。

空間充滿開放感，讓人感覺不像身在家電賣場，醞釀出彷彿置身高級辦公大樓的感受。

最初映入眼簾的是廚房家電區。狹窄的自家不可能放得進去、幾乎可以塞進一隻豬的巨大冰箱，以及讓人不覺得只是用來煮飯，更像是武器的電子鍋整齊排列。色彩繽紛的廣告文宣上清楚標示「新產品！」「超人氣！」等宣傳字眼。對於像我這種不感興趣的人來說，根本搞不懂那是什麼東西。

彷彿分割整個樓層的通道，應該有四十公尺長吧。通道盡頭可以看到好幾台散發高級感的音響以及最新型的液晶電視掛在牆上進行展示。

『哇啊，這裡超級寬敞的！光是這層樓就比外面的家電行更大吧？』

萬一吵吵鬧鬧會很麻煩，於是一邊若無其事地把手機鏡頭朝向前方，一邊走進賣場。雖然外面只看到大型家電，不過從通道的長度、寬度來看，這邊應該有販售大部分的電器。光是身穿特賣消息背心的店員，一眼望去就有十幾人。

『主人！那個像炸彈一樣的東西是什麼？』

「那個……？什麼？不是水壺嗎？只是外型設計成大型手榴彈。」

ENE明顯把它當成武器，外觀採用凹凸不平的翠綠色設計。要是側面沒有水量表，的確很像危險物品。

『真是帥氣……！啊，主人不是說想要熱水嗎？』

「那是在想吃泡麵卻懶得下樓的時候吧！不需要那麼麻煩的東西……話說裝水時還不是一樣要下去。」

『咦～有什麼關係！有客人來時更有話題——對不起，我說得太過分了……』

看到ENE露出像是觸及到雙親過世的尷尬表情，情緒瞬間低落。

「咦，什麼，不要這樣。」

『對不起，真是欠缺思慮的發言……我以後會注意的。』

「夠了！別這樣！對了，這是什麼！好厲害的設計！」

雖然很快把話題移到沿著通道排列的微波爐，不過那是外觀不突出，也沒聽過的品牌。

而且上面還貼著寫有「清倉」的紙，價格是原價的三分之一左右。

「不不！雖然款式簡單，不過這個真的很棒！買下來吧？」

『不管怎麼想都不需要吧！剛才的炸彈比較好！……呃，主人是來買什麼的？』

「喔喔，對了，滑鼠。趕快買一買回去吧。」

『……主人？』

手機傳來震動，感覺到恐嚇的氛圍。

「不！我知道！遊樂園嘛！我沒有忘記！呃，電腦用品在……」

看了一下周圍，發現天花板吊著指示各種家電的牌子。不過或許是分類太過詳細，所以一直找不到。

「電腦用品電腦……！」

大概是看著上面轉圈有些頭暈，不小心撞到店員。今天好像一直撞到人，真的很糟糕。

「不好意思……！啊，呃，那個……請問電腦用品的賣場在哪邊？」

我一邊拿下單邊耳機，一邊試著開口詢問。看到對方是店員順口道歉。仔細一看才發現這名店員是個美女。應該有男朋友吧。散發出濃濃的女人味。

聽到我的問題，店員「這個……」一瞬間露出為難的表情。

「啊、啊啊！電腦用品是嗎！從這個通道直走，在第一個岔路右轉。」得到禮貌回應。

「啊……那個，謝謝……」

好久沒有與人正常對話，不由得有點緊張，然而順利對話的安心感以及與漂亮女性交談這件事，讓我的胸口充斥滿足感。唔，這家店不錯。心情與腳步頓時變得輕鬆，得意洋洋地朝問到的路線前進。

『那個～主人？』

「嗯？怎麼了？」

以連自己都覺得不可思議的好心情回應。與女性聊天居然可以讓人有如此巨大的轉變。不禁感到生命的神祕。

『不，這個……』

隨著她的話，耳機突然傳來吵嘈的環境音。

「咦？這是……」

話才說到一半，突然聽到『啊啊……不好意思……呃……請問電腦用品的賣場……在哪邊……』

此時傳來含糊不清，感覺有點恐怖的男性聲音。

下個瞬間是『這個……』明顯感到困擾，清脆的女性聲音。

聲音到此中斷。

『差不多就是這種感覺，主人。難怪店員會遲疑。』

兩年來持續與神祕軟體對話的結果，在這裡徹底昇華。

胃裡像是被塞入一塊冰冷石頭，忍不住想「啊啊啊啊啊啊啊啊啊！」放聲大叫。

『哎呀，我因為習慣了所以還好，不過對一般人來說實在有點難度。』

「我們……回去吧……」

『不行！還沒去遊樂園！』

「夠了……心情上已經像坐了刺激的遊樂設施……」

由於臉朝下好像會流淚，只好仰頭走路。我不會再來這家店了。

『有什麼關係～～！只要主人想說話，不管什麼我都會聽你說喔？』

「那麼回去之後就來人生諮詢……我想死……」

『呵呵呵～～包在我身上！所以主人保持平常心！啊，你看你看！電腦用品區到囉？』

這才注意到通道的右邊，擺著網路語音交談的頭戴式耳機與電腦影像鏡頭。應該是搭上最近流行的線上直播推出的專區吧。好蠢。這個世界最好不要再有人類的聲音……

那邊一直到右邊的通路，展示超薄最新型筆記型電腦、對應線上遊戲的高效能電腦等等。都是平常的我如果看到會大喜過望，眼睛閃閃發光的機器。

然而此刻巴不得可以早一點買到鍵盤滑鼠，再去坐上上下下的那個，然後坐完雲霄飛車火速回家。

「趕快買一買回去吧……」

『主人？』

「我知道……嗚嗚……」

踏著沉重的腳步往陳列滑鼠等用品的區域前進，通道的兩旁有許多「簡單操作輕鬆上網！」「透過手機與電腦連結的視訊！」之類的海報，老實說我只覺得眼睛好累。

穿過華麗的通道，終於來到夢寐以求的滑鼠鍵盤區。

無線、軌跡球等最新機種，這裡應有盡有。

「總覺得種類好多。老實說什麼都好，只要看起來不容易壞的……」

——事發突然。

真的很突然，即使透過耳機也覺得極為龐大的爆炸聲響遍整個樓層。

那是乾燥、非現實、似曾相識的聲音。

四面八方同時傳來慘叫聲。

心臟瞬間激烈鼓動。

我迅速拿下單邊耳機，更有現實感的慘叫聲與嘈雜聲支配整層樓。

「到底發生了什麼事——？」

因為身處狹窄的通道，我搞不清楚狀況。一邊警戒一邊打算走出通道的瞬間，有如鐵製物品崩塌掉落的巨響再次充斥樓層。

把視線轉向電梯的方向，鐵製的白色牆壁堵住剛才走過的通道。

彷彿要從中間把電梯與這邊的樓層分成兩半一般的鐵門。沒有碰到陳列架，毫無縫隙地阻斷兩邊。

看往鐵門的前面，中斷的走道盡頭，終於理解爆炸聲的真面目。雖然心想怎麼可能，不過得知這是現實的瞬間，臉上以驚人的速度失去血色。

一開始出現的爆炸聲，以及慘叫的原因也是出自於「那個」吧。

不久之前問路的女店員躺在那裡。

鮮紅的血液從健康的大腿往白色樓層地板擴散。

痛苦扭曲的臉上，已經看不到一絲剛才的耀眼笑容。

塊頭魁梧的男子站在眼前。任由鬍子自由生長，身上穿著電影裡才會出現的那種特種部隊野戰服。

男子手持手槍，腰上掛著與之前看到的熱水瓶截然不同的手榴彈真貨，然而男子的模樣一派輕鬆，彷彿那個東西不存在。

周圍站著幾名相同打扮的男子。以鬍鬚男為中心放射分散，槍口指向每個身處走道上的客人。在視野死角的通道同時響起客人的慘叫以及壓制場面的高壓指示。店員與客人對於這個狀況全都束手無策。除了映入眼簾的這幾名男子，恐怕另有同黨。

聽到最初的爆炸聲與槍聲的人。

或是直接目睹這個場面的人。

不管怎麼樣，這些人以驚人的速度將到處亂竄的人們，有秩序地集中在一個地方。前後不到幾分鐘。

這個集團便以驚人的速度壓制這層樓。

「……那麼，這就是所有人？」

「是的。包含購物的人在內，這層樓的人都在這裡。」

「嘿。啊～～……在假日享受購物樂趣時發生這種事，真叫人遺憾。運氣真的很差。」

鬍鬚男以隨便的態度，對著腳邊的我們放話。

七樓家電賣場最裡面，電視區開放空間的一角，聚集了幾十個人。所有人的手都被類似強力膠帶的東西固定在背後，坐在地板上。

直到剛才還有陽光照射進來的玻璃窗，被平常只有在結束營業時才會放下的白色百葉窗遮蔽。遠處依稀傳來警車響著沒什麼作用的警笛聲，從阻隔樓層的巨大鐵門對面，傳來像是警察交涉的聲音。

眼前是彷彿把「恐怖分子」具體化的九名男子。其中三人把槍口朝向這邊，另外三人則是面對鐵門的方向，然後有兩人靠近應該是領袖的鬍鬚男開口：

「十三點。時間到了。」

「喔。」

鬍鬚男配合一邊看錶一邊開口的同伴打來的暗號，拿出手機。他以像是打電話叫外送披薩的感覺輕鬆開口。

瞬間，聲音不來自眼前男人的嘴巴，而是從建築物的廣播喇叭大聲傳出。

『啊～～測試測試。喔，應該聽得到吧？呃～～各位警察，執勤當中辛苦了。我的話只說一遍，所以給我聽好了。』

隨著男人的聲音傳出，鐵門外的交涉聲就此停止。

男人停頓一拍，此時只剩下遠處持續響起的警笛聲。

『相信大家都知道，這層樓已經被我們占領。幾十名人質目前平安無事——到目前為止。簡單來說，我們只有一個要求。從現在開始的三十分鐘裡，準備好十億元。』

男人不在意周圍的反應，以理所當然的態度平淡說下去：

『三十分鐘後會在這棟大樓的頂樓進行交易。我們派了一個人在那邊收錢，從直昇機上把錢丟下來。不要做些偽鈔、發信機之類的無謂舉動。還有我想你們應該知道，如果沒有馬上準備，或是要求先釋放人質，這裡的所有人統統都會立刻被殺。』

被綁住的客人忍不住傳來騷動，三名男子立刻舉槍制止。幾名客人忍不住低聲啜泣。

『……差不多就是這樣。妥善處理吧。只要有一件事違反我剛才說的……啊～你們應該懂吧？就是這樣，那就麻煩了。』

在旁看來男子就像以打電話給朋友的語氣結束通話，一邊露出有些無奈的表情一邊在附近提供休息的長椅坐下。

成為恐怖分子的人質，這種經驗有多少人曾經體驗？

兩年沒出門，一出門就遇到這種事的人，肯定只有我。

真是受夠自己的霉運。如此今天不叫倒楣的日子，那麼要叫什麼？

「啊～這段時間好無聊。改說十五分鐘比較好吧？」

男子一邊毫不緊張地操作手機，一邊翹起二郎腿，那副有氣無力的模樣，讓人感覺不出他是即將犯下滔天大罪的主謀。

有如隨侍的男子們以「再忍耐一下就好……」等無關緊要的話加以安撫。

態度像是達成完全犯罪的男子……他們在這之後有何打算？會有幫助逃脫的直昇機前來接應？那麼一來若是被追蹤，只會落得一網打盡的下場。除了一名進行交易的同伴，至少還有一名放下鐵門、操作館內廣播線路的同伴。這哪裡是最先進電腦的保全！簡直徹底瓦解了嘛！系統不但沒用，還反過來被利用。所有的保安設備皆由電腦操作管理，也就是說只要奪走電腦的控制權，之後就等於拿下這棟巨大建築物，可以任意操作。

雖然不清楚歹徒是以何種方式取得，不過從他們從容不迫的態度來看，恐怕已經計畫好逃脫路線。短時間不可能計畫出這種看似不周全，其實十分周詳的狀況。

——不過我不打算默默等待。

解放人質？眼前這傢伙對於人命顯得不感興趣。

我們的性命掌握在這些人的手中。

這麼不穩定的基礎，何時崩解也不奇怪。

有沒有狀況？

只要有個契機就能打破這個狀況。

「！」

鬍鬚男突然用手壓著後腦勺，臉部扭曲站起來。

「……喂……！」

「啊……？唔！」

從長椅起身的男子靠近在身邊的男子，用力毆打他的腹部。

「啊什麼……你在打誰的頭！啊啊？說話啊！」

男人繼續踢著倒臥在地發出悶聲的同伴。

面對這個令人搞不懂的狀況，現場為之騷動。

就連原本把槍對著我們的男子也隱藏不住動搖。

「怎麼這麼突然……？」

「唔唔……」

「咦……？」

男人憤怒的聲音響遍整層樓，原本低聲自言自語，坐在我左後方的男子突然發笑。

聽到突如其來的唐突笑聲，不由得驚訝回頭看向那個男人。

「……？啊，不，抱歉抱歉，因為太好笑了，一時忍不住。」

年紀應該比我小一點吧？像貓一樣的大眼睛，淡茶色的短髮，穿著輕薄連帽外衣的少年出現在眼前。

「你說好笑是……？」

「咦？很多方面都是。話說回來，你從剛才就一直露出看來十分有趣的『眼神』。像是應該做點什麼～可是沒有機會～……這種感覺。」

怒罵聲依然沒有停歇。包括恐怖分子以及人質，在場的所有人都陷入緊張之中，唯獨這名男子有如旁觀者，獨自散發緩和的氣氛。

「你怎麼會知道……」

低聲的對話應該會被怒吼聲蓋過而聽不到吧。貓眼男繼續說道：

「只是隱約有這種感覺。不過實際又是怎麼樣？——有辦法嗎？」

「……只要能解開綁住手的這玩意，我確實有辦法叫這群人目瞪口呆。」

「喔，那真是厲害。聽起來也不像在騙人。你有百分之幾的勝算？」

「……雖然不甘心……百分之百——」

聽到這句話，貓眼男再次發出竊笑。

「你不相信也無所謂。反正也解不開吧。」

「不，抱歉抱歉。不是不相信你，而是真的相信能夠辦到。原來如此、原來如此。」

從他有趣至極的表情，無法傳達百分之百相信的氣氛。不過感覺不像因為這種狀況失控發笑，這句話反而帶有莫名的安心感。

「那個，這是我的猜測，再過一下子他們又會再次廣播。到時候『確實』會有空檔，接下來就交給你了。加油。」

「啊？什麼意思？呃，話說綁住手的這個不先解開……」

「啊啊～～超火大的。喂，我要說話。幫我聯絡要用喇叭。」

「啊，是！」

即使盡情毆打不停否認「不是我。」的同伴，還是無法壓抑怒氣，鬍鬚男額頭冒出青筋，再次對身邊的手下發出命令。

距離剛才的廣播才過了十分鐘，似乎又想進行第二次。

是碰巧猜中嗎？身旁事先預言這個狀況的男子，樂不可支地看著眼前的景象。

到此為止的確如他所說。不過在這種狀況會有機會？而且不先讓雙手獲得自由，就算有機會也沒辦法做些什麼。

身邊的手下對他說了什麼，男人再次拿出手機進行第二次廣播：

『啊～～……聽得到嗎？準備贖金的時間縮短十分鐘。所以還剩十分鐘。如果想說來不及準備這種鬼話，我就先殺掉一半的人質。聽到了吧？』

人質再次騷動，低聲發出慘叫。這次的廣播內容似乎不在預定之內，就連剛才加以制止的恐怖分子都不禁感到混亂。

『還有先告訴你們，交錢之後我們會搭直昇機離開這裡。最好不要想搞什麼追蹤。我們囤積的炸彈量，如果掉下去應該會有相當規模的範圍會因此消失。只要稍微發現有追蹤的跡象，二話不說馬上丟下去。』

可以聽見鐵門的另一頭，傳來警察議論紛紛的聲音。這也難怪，因為整個城市的人全被當成人質。

計劃果然周詳，似乎有相當規模的組織參與其中。這群人為了逃脫，不惜拿這個城市的居民當成人質。歹徒既然敢於動武，光靠警察還有這麼短的時間，應該想不出什麼對策。

「居然考慮到這種事……」

附近的自家確實在攻擊範圍裡。要是媽媽和妹妹已經回家，毫無疑問會被波及吧。

「可惡……真的不要太過分了……」

面對湧上來的焦躁情緒，幾乎快要壓抑不住。

然而像是看透這一點的貓眼男開口：

「沒問題。還差一點，沒問題。」

面對如此悠哉的態度，終於忍無可忍。

「……現在不是這麼悠閒的時候！我的家人搞不好會因此喪命啊！」

不禁放聲大吼。這個聲音讓整層樓安靜下來，就連用槍指著人質的男人也一臉茫然。

貓眼男雖然露出像是在說「哎呀呀……」的表情，不過似乎沒有太過驚訝。

鬍鬚男投來銳利的眼神，接著朝我走來。

男人走到我的面前，蹲下來把臉湊近。

「你在搞什麼，大呼小叫吵死了……」

聽到聲音從近處傳來的同時，這傢伙的暴力行為像跑馬燈閃過腦中。

全身因為前所未有的恐懼不停顫抖。

「喂喂，你在發抖啊。剛才的氣勢跑到哪裡去了？」

那傢伙滿臉笑容地用力抓起我的頭髮。

「看起來挺瘦弱的……平常很少出門吧？像你這種家裡蹲的廢物，就算死了也沒人會傷心吧？喂，我沒說錯吧！」

男人一邊哈哈大笑，一邊把話題丟向他的同伴。

這傢伙的大嗓門真是刺耳。

——幸好只是「單邊耳朵」聽到。

「……啦……」

「啥？你說什麼。太小聲了，我聽不到。」

我看著他的眼睛，清楚說道：

「像你這種混帳傢伙，最好是蹲一輩子的苦牢啦！」

「你果然很有趣……！太棒了。」

聽到這句話的瞬間，原本掛在男人斜後方牆上的大型電視應聲落地。

接著排在下面的大型音響「明明沒發生什麼事」卻一個接著一個倒下。

「喂！這是怎麼回事……！」

鬍鬚男把我甩開，舉起手槍走過去。

「誰在那裡——？」

話還沒說完，男人附近的陳列架一邊撒落商品。一邊往男人們的方向倒下。

「唔喔喔喔？」

像是剛好波及到鬍鬚男的倒塌陳列架後方，看得到先前去過的電腦用品賣場。

雖然搞不懂這個突發現象是怎麼回事，但是毫無疑問是「機會」。

在這個瞬間，原本綁起來的手突然獲得解放。

「那就麻煩了。我很期待喔～」

看向隔壁，貓眼男揮揮原本應該綁著的手，臉上露出笑容。

心臟以今天最快的速度跳動。

比起早上的警報聲，更加強而有力地跳動。

我用手撐住地板，利用反作用力一口氣站起來。

持槍男子直到現在還搞不清楚狀況，一臉狼狽。

這也難怪，因為就連我也無法理解自己的行動。

——不過要做的事早已決定。

我跳上壓住鬍鬚男的陳列架，用力把他壓在底下之後，這才跳進剛才的電腦用品賣場。

其他男人此時才有了反應，把槍口轉向我。

人質那裡傳來「危險！」的呼聲與慘叫聲。

不過這個反應太慢了，作戰即將結束。

跑過去之後我立刻握著從口袋裡拿出來的手機，呼叫久違的「那傢伙」。

「拜託妳了……ＥＮＥ！」

『搞定之後要去遊樂園喔！』

透過右耳的耳機，傳來活力少女一如往常的聲音。

從連接電腦與手機藉以使用手機相機的傳輸線，拔除手機端的接頭，再連接自己的手機。看慣的模樣瞬間越過「所有」的螢幕。

然而看到那個的瞬間，側腹感受到未曾體驗的衝擊。

像是身體被錘子毆打的衝擊。

下個瞬間，視野大幅晃動。

沒有避開要害直接倒在地上，臉撞到白色地板。

感覺全身的力氣以驚人的速度消失。

意識漸漸遠離時，聽到鐵門一起打開的聲音。

陽光溫暖包覆身體。

那種感覺就和在教室靠窗座位打瞌睡時一樣，懷念的「那個聲音」似乎在對我說話。

*

……我睡了多久？睜開眼睛發現自己躺在裡面全是書的房間床上。轉頭看到旁邊放有臉盆與毛巾。有人在照顧我嗎？

腦袋雖然遲鈍，還是伸手摸向胸前口袋，只是找不到手機。

摸摸枕頭旁邊，也不在那裡。

——當時。成為人質的時候。

ENE從沒有摘下的右邊耳機，不停對我說話。

老實說，我覺得這傢伙比鬍鬚男還要囉嗦。

打從一被抓住就不停傳來『哇啊……主人振作一點！一定會得救！』充滿謎團的聲援，到了之後我被鬍鬚男威脅時，則是『我可以殺了這個男人嗎？可以吧？主人！』氣到幾乎換個人格。

基本上那棟建築物是由電腦控制，因此只要把ENE傳送進去，不管控制室受到壓制還是駭客入侵，都不可能敵得過她。

不過話說回來，手機相機不用說，在就連開口都有困難的狀況下，光是從聽到的聲音判斷狀況瞬間解決一切，還是令我十分驚訝。雖然我時常覺得她的腦袋有點問題，只是沒想到還挺靈光的。

不管怎麼說，能夠像這樣活下來，都是靠ENE的幫忙……

總覺得不能釋懷，不過還是得向她道謝……說要帶她去遊樂園，最後也沒有實現……

話說找不到手機，果然是被丟在百貨公司吧……？好吧，既然是那傢伙，應該在哪裡都能回來……

比起這個，難得有機會獨處，沒道理不有意義地利用這段時間。

今天就隨興好好睡覺——

「……話說這是哪裡！」

猛然坐起身來，試著打量自己的現狀。

「噫咦咦！」

往傳來「啪噹！」一聲響的方向看去，只見那裡有一名少女。那是有著白色飄逸長髮的少女。之前是她在照護我嗎？她被我突然發出的聲音嚇了一跳，從椅子上跌下來。

「啊，那個……呃……」

「啊，哇哇！對不起！」

不知為何向我道歉，然後又不知為何躲在椅子後面。

冷靜下來掌握狀況，發現自己的身體幾乎不痛。

我記得腹部確實遭到擊中……

「呃……妳是──」

『主人醒來了嗎～？』

正當我想詢問少女的瞬間，聽到耳熟的聲音。原本開著的房門，走進意想不到的人。是那個貓眼男，還有在百貨公司入口附近撞到，身穿連帽外衣的──當時瞬間以為是男生，仔細一看似乎是女生的人，以及……以及妹妹MOMO拿著手機站在那裡。

『喔喔！主人很有精神真是太好了！那麼大家一起去遊樂園吧！』

ENE少根筋地從手機喇叭對我開口。

「咦？……MOMO？不，咦？當時的……咦？」

「笨蛋哥哥！真是的……害我這麼擔心！還有ENE，昨天才發生那種事，今天去遊樂園實在有點……」

妹妹MOMO和ENE什麼時候感情變得這麼好？居然可以自然溝通。

「啊，咦……？不，遊樂園是無所謂……比起這個，我──」

『就、是、說、呀？真不愧是主人，硬漢！男人說得到做得到！走吧！現在馬上！』

「咦？什麼什麼？變成在聊遊樂園的事嗎？走吧走吧！」

「又、又要出門……？」

貓眼男探出身體，依然坐在地上的白髮少女嚇了一跳，忍不住晃動肩膀。

「啊啊……突然大吵大鬧真是抱歉。幸好子彈只是擦過身體，所以暫時被我帶來這裡。因為要是引發騷動會很麻煩。」

「咦？請問……？」

身穿連帽外衣的女生散發出來的氣氛，也不同於當時「那個眼神」。

『主人！既然醒了，那就快點！遊樂園要關門了！』

混亂的腦袋硬是被塞進亂七八糟的對話，似乎已經超過容量。於是我放棄思考。

「……算了，怎樣都好。」

啊啊，還是無法安靜。搞不懂這是怎麼回事。

雖然希望讓我多睡一下，但是ENE吵個不停，似乎連這點心願也辦不到。

我不知道為什麼，露出有些曖昧的笑容。

——今天窗外同樣傳來陣陣嘈雜的蟬鳴聲。

然後漫長的8月15日……接下來才要開始。

陽炎眩亂 II

我作了個很討厭的夢。你在我眼前消失不見的夢。
已經作了好幾次。
全是夢見昨天的夢。

今天是第幾次了？
昨天是第幾次了？

在這個公園說話又是第幾次？
你或許是第一次，但是對我來說已經數不清是第幾次。
我曾經對你說過這些話。
說了好多次。

然後你總是相信我。

認真地替我煩惱。

可是每次的結局你都會死。

當我說這些話時，你會為此煩惱，露出悲傷的表情。

所以我決定不再說。

沒關係。已經沒問題了。

現在還稍微有點喜歡在這個公園聊天。

我只要聽你說話就好。

因為同樣的話你說了好多次，所以我一字不差地背下來。

不過就算是這樣也沒關係。

那樣也好，我希望你說話。

聽著你的說話聲時，就不用聽煩人的蟬鳴。
因為可以只聽到你的聲音。
我看向時鐘，剛好是12點半。
「差不多該回去了吧？」
我伸出手，你好像很害羞地握住我的手。
直到最後還是這麼噁心……
難怪不受歡迎。
時間差不多了，就到這裡吧。
過去多謝了，HIBIYA。
煩人的蟬鳴聲——

包括游動的陽炎。

……我果然討厭夏天。

——抬頭往上看，鋼筋近在眼前。

如月ATTENTION

「哎呀，早安，小桃！今天也很可愛喔！」

「早……啊哈哈……」

輕輕打聲招呼，快速通過。剛才那是今天的第三十七次。

大大偏離當成通勤路線可以縮短很多時間的直線路徑，往早上人少得有些寂寥的商店街前進。每家店都還沒營業，完全沒有客人的時間——原本應該是這樣，然而商店街已經開始熱鬧起來。

像是算好時間，人們從前進方向的店家一個接一個跑出來，對著我開口：

「喔喔，小桃！要去學校嗎？放暑假還得去學校真辛苦！」

「是、是啊……你好……哈哈……」

第三十八次。

我僵硬地對著從蔬果店跑出來，像是老闆的人打招呼，轉身重新面向前方，只見街上開始聚集民眾。

「……！」

雖然瞬間有些退縮，但是沒有時間猶豫了。從蔬果店旁拉下鐵門的藥妝店右轉，鑽進小巷子準備逃走。

我一邊小跑步一邊看手錶確認時間。

今天這樣還算是運氣好的。

平常這個時間，搞不好得往自家的方向跑。

今天或許可以時間充裕地走進校門。

自然加快腳步前進，在T字路口左轉的瞬間——才發現這個想法太過天真。

大概是因為公車誤點，眼前的公車站至少排了兩趟公車才能載完的乘客。站在後面的一名男性發現是我，發出聲音的瞬間，所有人的「眼睛」全都一起往這邊看來。

——糟糕。這下子真的不妙。

有如合唱一般整齊的歡呼聲讓我有些退縮，忽然看到公車站上方的時鐘，臉色鐵青。
手錶的電池大概是沒電了，似乎完全靜止不動。
「嗚嗚……」從口中流露而出的聲音，被蟬鳴聲蓋過。

＊

「啊啊……！果然嗎……」
校門已經關閉，連個小孩子可以通過的縫隙都沒有。
如果人可以進去，門就沒有存在意義，就這個意義來說，它確實完成它的工作。
8月14日上午9點10分。
不只是趕不及，暑假輔導的第一堂課也遲到了。
雖然設法避開在公車站等公車的人要簽名，不過當時已經確定遲到。
聽天由命走到最短路徑的大馬路，不過好運已經用完了。

街頭巷尾以被說「這也太誇張了吧」也無法反駁的巨大音量，播放我所演唱的過度讚頌戀愛的歌曲，並且張貼新單曲的海報。

不僅如此，大螢幕上正在播放我穿著彷彿表示「想被荷葉邊淹死嗎？」的服裝跳舞的音樂PV。這張CD今天發售，想取得限定商品（海報）的人在下方的唱片行大排長龍。

——

「要是我沒有經過那裡會怎麼樣……」

經紀人的車停在學校前方，冷氣強得有如置身天堂。坐在隔壁駕駛座，整個人趴在方向盤上的短髮女性，一大早就散發辛苦工作一整天的疲勞感低聲開口。

「不、不好意思……可是！今天那個……公車好像誤點，學生們……」

我比手畫腳想要含糊帶過，卻被「唉……」的嘆氣聲打斷。

「我不是不能理解妳的心情……包括討厭坐車上學引人矚目這點也是。」

「那個……嗯……」

「雖然我盡可能希望尊重妳的意思，可是也差不多……這陣子正想和妳提這件事……」

聽到好像感到很抱歉的發言，我也不禁跟著覺得抱歉起來。

兩人沉默了一陣子，突然看向時鐘，第一堂課的休息時間快到了。

「……啊！我得走了……！那個，晚點再聯絡！對不起！」

不在這個時間進入學校，又要遲到一堂課了。

手忙腳亂從助手席下車，轉身面向車子再次點頭示意，這才沿著包圍校園與校舍的高聳圍牆，朝教職員專用入口前進。由於不久之前還待在冷氣強勁的車內，內外溫差太大，感覺額頭滲出汗水。不過早上的騷動早就讓學校制服因為汗水黏在背上，所以沒有太大的問題。不管是不是十六歲的女高中生，在這麼熱的天氣跑步，無論誰都會滿身大汗。

感覺糟透了。好想回家沖澡。

走到圍牆中斷的地方，鐘聲正好響起。

糟糕。十分鐘的休息時間結束之後，馬上就是第二堂的輔導課。

我小跑步到教職員入口，按下小型對講機之後過了幾秒鐘，小型喇叭傳出聲音。學校特有的嘈雜聲透過小型喇叭，釋放另一個世界的氣氛。一想到接下來要踏進這個空間，打從心底感到心情低落。

『請問有什麼事嗎？』

「啊，是的！那個，我是一年級的如月……輔導課遲到了，希望能允許我進去……」

已經聽過這個女職員的聲音多少次了？

打從入學至今過了四個月，她搞不好是我在學校裡交談次數最多的人。透過對講機的對話占了九成以上，感覺真是心酸。

『啊啊，如月同學是吧。我現在開門，請直接過來教職員室。』

已經不會再詢問理由，也不會挨罵、遭到懷疑，是我唯一的救贖。

「不好意思……麻煩妳了……」

「喀！」聽到解鎖的聲音，我推開門走進校內。

自然關閉的門再次發出「喀！」上鎖的聲音。

校內散發外面沒有的清涼感。學校雖然放暑假，還是會為了社團活動以及上輔導課的學生開放。

——我今年春天才進入這所學校就讀。

前年改建的四層樓校舍採取西式設計，看起來非常漂亮。很像少女漫畫當中會出現的女校……雖然不到這個地步，除了莫名雄偉的鐘塔，還在校內各處安排小河、噴水池、全裸銅像等等。

而且雖然搞不懂為什麼，不過到處都是結合花草打造成像是隧道，充滿生氣的物體。

這到底是誰的興趣？雖然我認為在大樓林立的市中心建設會讓人誤解的學校，只會造成城市景觀的混亂，但是或許該說是不出所料，似乎受到女學生的極度歡迎，錄取率在縣內也是排名前幾名。

雖然是以「因為離家近」這種沒有夢想的理由選擇這間學校，然而學業成績很差的我能夠考上，只能說是巧合。

由於總出席天數是令人絕望的數字，所以暑期必須到校輔導，不過就算我完全沒有缺席，以成績來說還是得參加輔導。只有這點我很有自信。

然後已經沒有時間了。

直接前往教職員專用玄關，三步併作兩步地跑上樓梯，打開玻璃門再次享受來自冷氣機的冷空氣。突然進入涼爽的空間，才知道自己滿身大汗。

在鞋櫃旁從包包裡拿出室內鞋，十萬火急換上。

「哇嗚！沒時間了……！——好痛？」

折好室內鞋的袋子，準備拿出戶外鞋的袋子時，頭撞到什麼堅硬的東西。

驚訝抬頭，只見拿著點名簿身穿白色衣服的高大男子站在眼前。

「啊……呃，啊哈哈……老師早？」

「不，就算妳問我……而且已經不早了……」

「說、說得也是～～……」

糟糕。完全忘記今天第一堂輔導課是導師的課。

如果是其他老師也就算了，只有這個人不能含糊帶過。

「我不是要講妳遲到那種事。妳看一下這個。」

「咦？什麼東西……咦咦？」

我接過從點名簿裡抽出來的紙，看到內容不由得一臉慘白。

「知道這是什麼嗎？話說妳沒事吧？」

「呃，這是生物I的考卷……上星期考的……」

「喔喔，妳知道嘛。那麼妳知道名字旁邊寫的數字代表什麼意思嗎？」

「呃……哈哈……這就不太清楚了～～……好痛！」

再次被點名簿敲頭。這個人每次都面無表情地動手，真是大意不得。無法迴避問題。

「妳啊……字寫得不科學又有個人特色就算了，上了兩個星期的輔導才拿兩分，妳是那個嗎？難不成要上一百個星期才能拿到滿分？」

拿到的考卷很淒慘。

儘管所有答案欄都填上答案，但是除了一題之外，全都用紅筆大大打「×」。

面對這個不現實的光景，忍不住頭暈目眩。

「我……明明有念書……」

「咦？什麼？這叫有念書？妳這題『寫出一個被歸類為哺乳類的動物』竟然回答『答：螃蟹、鮭魚』哪裡有念書了！」

「因、因為母親的老家在北海道……不！我在『鹿、熊』之間考慮很久。」

「就是這個！就是牠們！……話說妳為什麼要在這裡發揮鄉土愛？還有明明叫妳回答一個，為什麼要寫一對！」

「咦？因為只寫一個太可憐了吧！」

「為什麼面對考試還有這些動物，會有這種奇幻的感覺！話說把鹿和熊放在一起，鹿會被吃掉吧！」

「被、被吃掉……？」

聽到接連而來的指摘，再次仔細閱讀考卷。

只是自己也搞不懂為什麼。明明全神貫注回答，這個結果實在太過悲慘。要是拿給媽媽看，不知道她會說什麼……我不敢想像。

——每次都是這樣。

我做的事無論何時都會得到異常的結果，吸引人們的「目光」。

小學高年級時，我在課堂上畫的圖在偶然的機會讓知名作家留下印象，之後還成為小說封面，而且那本小說大受歡迎。

上了國中被找進美術社，參加一年級第一個比賽的作品，徹底打敗當時的社長等人的作品，脫穎而出獲選為全國第一名。感覺好像從那時候開始，周圍的目光逐漸投注在「自己」身上。

升上國中二年級，退出越來越不自在的社團活動，放學後在街上閒逛買東西時，被星探搭訕的次數增加。雖然一開始加以拒絕，不過被現在的事務所發掘時，剛好發生一些事，媽媽的工作不太順利，於是我決定進入事務所賺取一點生活費。

理由就只是這樣，並非我特別喜歡上電視或是音樂。不過就算是那樣的我，多少也會嚮往以偶像的身分站在舞台上唱歌。

以新人偶像的身分開始的第一個工作，是站在舞台上說話，炒熱事務所前輩演出的氣氛。雖然直到現在還是覺得不擅長在人們說話的我，當時接到這份工作時心裡只想著：「為了家計不可以被開除。」

因為很緊張，老實說不記得正式上場時說了什麼，不過就某種意義來說非常成功，可以說是「棒透了」的結果。

會場盛況空前，就連各家雜誌與體育報都大肆刊登。要說唯一的問題，就是並非原本是主角的前輩，而是我成為話題。

只是站在舞台上說話，沒有唱歌也沒有跳舞的「無名新人偶像」獲得觀眾熱烈歡迎。以事務所的立場來看，當然是十分開心。但是從那天起，事務所響個不停的詢問電話，多到幾乎讓人沒有時間喘息，這肯定是種異常現象。

偏離常理與常識，毫無意義、無關理由或嗜好，人們的「目光」集中在自己身上。

到了那個時候，再次注意到自己的「不普通」。

「喂～～妳有沒有在聽？」

「……咦？呃，有啊！」

「不，我可以確定妳剛才沒有在聽。是不是中暑了？」

「啊，不，因為考得太差所以有點……哈哈……」

「真的很差。總之下個星期我會再考一次……盡量加油吧。」

老師露出像是在看可憐小孩的同情眼神看著我。

「下個星期嗎？……唉……我會努力……」

自認這次已經很努力了。

接著還要多努力呢……

「放輕鬆一點，不用那麼緊張。這個時期還在習慣學校，而且下星期有演唱會吧？」

「啊……！是……是的……」

表情明顯變得不開心，只能盡量不要表現出來。

老師嘆了一口氣，對我投以「真是拿妳沒辦法」感覺的溫柔眼神。

「好了，別太勉強了……總之妳回去吧。不是說過今天要拍電視劇嗎？」

「是……不！我要上課！也還有時間！」

「輔導課的時間表不是有寫嗎？因為中元假期休假，所以一年級今天只有一堂課。」

「咦咦？啊，真的……」

拿出時間表仔細一看，今天的確只有一堂課。

沒想到會以這種形式，被人發現我沒看時間表就來上課……

「呃……那麼，三天後見！」

「嗯。中元假期也不能休息真是辛苦。那麼我要回去了，自己回家要小心喔？」

「沒問題！那麼今天在此告辭了！」

我輕輕點頭示意，把考卷盡可能往裡面塞，像是要蓋住考卷一樣把室內鞋放進去。穿上剛脫下來不久的室外鞋，離開教職員用玄關。

打開玄關大門的同時，突然傳來蟬鳴聲。

再次邂逅的直射陽光，散發出更加強烈的殺人熱線。

一想到接下來要踏上歸途，便忍不住嘆氣。

「嗚哇……總、總之先去買個飲料……」

從教職員用玄關走過操場的途中，有一台自動販賣機。一想到口好渴，便覺得坐立難安。我朝著自動販賣機的方向，走在色彩繽紛的石子路上。

自動販賣機旁邊有個經常會在公園看到，由樹枝或是常春藤為頂的寬敞聊天空間。零星的白色桌子有幾名文靜的女學生正在那裡談笑。大概是來學校參觀社團活動的練習比賽吧。

從石子小路來到泥土地，當我踏進這裡一步時，待在那裡的幾名女學生突然全部一起看過來。

「……！」

雖然瞬間感到退縮，不過她們似乎沒有敵意或是過度的興趣。剛露出一抹微笑，接著所有人小聲交談，一起快步離開。

急忙想要回以笑容時，女學生早已不在現場。感覺自己因為不好意思冒出大量汗水。

「唉……」忍不住嘆一口氣，往自動販賣機走去。

雖然色彩繽紛、很有魅力的標籤分散購買欲望，不過對於消除此刻心情的飲料，還不至於感到猶豫。

看到寶特瓶飲料中有著獨特瓶身的黑色碳酸飲料，眼睛亮了起來。

從包包旁的小口袋拿出一直以來愛用的小豬錢包，「啪！」打開錢包，確認零錢還夠。

把手伸進去拿出硬幣，投入投幣口。

當零錢都投進去的瞬間，紅色指示燈跟著亮起來。

選定其中一個按鈕。有如小時候看的洋片中，與未知領域邂逅的場景般慢慢伸出手指按下按鈕，在聽到「嗶！」的同時，飲料出現在取出口。

雖然有一股衝動想要當場扠腰喝個痛快，不過再怎麼說也是花樣年華的十六歲，還是先坐下來再好好享受。隨性拿著龐克碳酸飲料，這就是所謂的入境隨俗。

在距離自動販賣機稍遠的桌邊坐下，打開期盼已久的碳酸飲料瓶蓋。

直到目前為止都是面無表情，唯獨這個瞬間實在沒有辦法。只聽到「噗咻！」輕快的聲音，獨特的香甜氣味刺激鼻腔。要是現在照鏡子，恐怕是完全不能公開，事務所無法接受的表情吧。終於忍不住喝下碳酸飲料。

啊啊……發明這個飲料的人一定討厭夏天吧……

這已經不能稱為飲料了。

這是人類對抗名為「酷熱」威猛大自然的唯一辦法。

一邊感覺眼角發熱，一邊感受第一印象。

就這樣把瓶子用力放在桌上，發出「噗哈……！」的聲音該有多爽快。不過在這裡還是要忍住。

從旁邊看來，應該是喝口飲料轉緊蓋子的清純女學生吧。不過我的心中充滿有如泡湯之後，一口氣喝下草莓牛奶的大叔們的充實感，有種想要「真爽啊！」大叫出聲的衝動。

徹底放鬆之後用力深呼吸，大概是因為身在陰影下，暑氣好像緩和了一些。不自覺地想起接下來的預定行程。

「時間還綽綽有餘吧……咦？」

看了手錶一眼，發現時針還指著8點15分。雖然瞬間反應不過來，隨即想起手錶在今天早上停了。這是去年生日媽媽買給我，我還滿喜歡的手錶。現在壽終正寢還太早，我不記得有做過會縮短壽命的舉動，所以大概是沒電了。回去叫笨蛋哥哥幫我看一下吧。

心不甘情不願地拿出用粉紅色保護套包住的觸控螢幕手機。雖然大多會帶在身上，不過幾乎只用於工作方面的聯絡。

如果我有不需要客套的好朋友可以聊喜歡的電視劇，或是每晚互傳戀愛話題之類的訊息，也會成為這個平台的專家吧。但是電視我只看時代劇，別說談戀愛，連個朋友都沒有……

雖然隱約知道原因，但也沒有特別不方便。只不過每次使用手機，總會有種莫名的空虛感，所以我很不擅長使用這類產品。

「9點半嗎……2點開始錄影，所以1點要到家……」

點選觸控螢幕打開管理行程ＡＰＰ，立刻顯示滿滿的工作行程。

在8月14日的項目裡，兩點開始是電視劇拍攝、6點開始現場的廣播談話節目，之後是演唱會排演，行程排得密密麻麻。

今天下午1點，經紀人會開車到家裡接我。

雖然已經漸漸習慣，不過最近行程過滿的情形令人不太開心。受到之前在舞台上的表現影響，各式各樣的工作迅速接踵而至，生活一下子有了很大的轉變。下星期的演唱會也是為了紀念今天發行的單曲，以CD出道的天數來說，似乎是個人演唱會的特例。

雖然是個令人高興的狀況，不過與那首曲子相關的全是討厭的回憶。

主要原因是錄製單曲當天，我不小心感冒，被經紀人狠狠教訓一頓，沒辦法只好用鼻音演唱，因為「巧妙表現出思春期少女無法實現的戀情的矛盾心情」受到製作人讚賞，決定直接收錄成CD。

當時因為發燒，腦袋遲鈍所以沒有真實感，但是之後聽見街上播放自己的鼻音，食量頓時減少一半。現在是暑假所以還好，一想到新學期要用什麼表情上學，就顯得悶悶不樂。

嘆氣之後情緒低落，悶熱的天氣讓心情更加煩悶。

「總之先回家吧……」

待在這裡也不是辦法。把手機收進口袋站起來。

一邊感受兩腿從緊貼的椅面獲得解放的些許清涼感，一邊不自覺地看向遠方。從校舍的另一邊，操場傳來像是社團活動呼喊的回音。

所謂的「青春」大概是指這個吧，總覺得與自己無緣，不知為何有點像在催促我。

已經不知道是今天第幾次嘆氣了，跨出一步的同時，在女學生們剛才坐的桌子上，發現有張傳單在擺在上面。

那是極具特色，搭配圓形字體混合排列的紙張，好像是車站前新開的時尚飾品專賣店的宣傳單。

昨天和今天似乎在舉辦什麼活動，「13日．14日」標示日期的斗大字體十分搶眼。

小心環視一下周圍，忍不住拿起傳單。

然後瞬間懷疑自己是否看錯了。

「……！」

老實說，我對這類時尚飾品沒有太大的興趣，不過有一個地方，在傳單的角落再角落，感覺像是為了填滿廣告才刊登，標記「小紅鮭吊飾」的那個，可愛到難以置信的地步。

由於印得太小，只能傳達整體的感覺，但是光從明顯不可能的地方長出腳的剪影，就知道創作者相當有才華。

嚥下口水，再次瞪大眼睛查看四周。

把視線拉回傳單，雖然不知道指什麼，不過清楚看到「期間限定！」四個字。

吸了一口氣，把傳單塞進包包裡。

手扠腰把寶特瓶剩下的碳酸飲料一口氣喝完，將空瓶扔進垃圾桶，快步離開學校——

＊

——大概是因為使盡全力在炎熱的世界奔跑的關係，我感覺有些暈眩。

逃進去的小巷子裡混雜像是集合住宅的建築，有種迷路的感覺。或許是太陽照射不到的關係，空氣稍微涼了一些，不過現在沒有餘裕思考這種事。

呼吸還沒調整過來。

把手撐在牆壁，不斷冒出來的汗水落在地上留下痕跡。

放下包包，就此坐下。

「呼……呼……」

慢慢調整呼吸的間隔。

處理速度跟不上狀況的腦袋開始慢慢運作，想起不久之前的對話，眼淚奪眶而出。

背靠在牆上，以抱膝的姿勢縮起身體。

雖然很想放聲大哭，不過現在要是發出聲音就糟了。

把臉貼住包包，眼淚有如潰堤不停流出，我快要發瘋了。

事情為什麼會變成這樣？

如果沒有這種體質就好了。

我想要普通聊天、普通買東西、普通度日。

這種搞不懂是怎麼回事的自己，就此消失就好了。

應該說一輩子都不要被人發現，獨自死去還比較好——！

＊

時間稍微回溯一下。

離開學校的我，在公園的廁所換上十分樸素的便服。

但是在前往車站的途中，當我一走到大馬路，幾十個人的視線立刻集中在我的身上。

明明做了與街頭的巨大螢幕上的模樣明顯不一樣的打扮，卻被一個又一個的路人叫出我的名字向我靠近。

糟了——當我這麼想時為時已晚。

現在剛好是人潮開始變多的時間帶，到了這個地步已經無法思考。

瞬間身邊就圍著一大群人，前後左右都動彈不得。

每個人的手上都拿著手機，把鏡頭對著我想要拍照。

人牆馬上變得越來越厚，我只能茫然若失地看著三百六十度環繞我的相機。

我做錯了什麼事嗎？

沒有自覺的確是我的錯。

然而即使如此，我也想要像個普通的女孩子。

只是如此而已。

各式各樣的快門聲與人群嘈雜聲混合在一，形成過去從來沒聽過的噪音。面對超出自己所能承受的狀況，不由得感覺想吐。正當我累得幾乎要當場坐倒時，警車的警笛聲瞬間蓋過噪音。

雖然不是很狹窄的步道，似乎有人因為大批人群擠上車道一事報警。儘管如此，人們還是不肯讓開。這個警笛聲反而變得像廣告塔，繼續聚集人群。

是我引來這些人的。

站在那裡的所有人的「眼睛」都在看我。

幾名警察撥開人群靠近我。

其中一名一邊開口，一邊把手放在我的肩上的瞬間，我從人群當中僅有的縫隙鑽出去。

我想辦法往前跑，前方卻像看不到終點的隧道。

像是要被蠕動的人群擠扁，通道變得更狹窄。

我胡亂伸手，感覺好像被誰拉住。

下個瞬間，視野突然變得開闊，大馬路的風景在眼前展開。

是誰救了我嗎？不過現在根本沒時間確認。

就算很快跑出去，回頭一看，發現一大群人有如單一生物追了過來。

逃進小巷雖然可以減少人數，卻變成各自分散，一隻手拿著手機追過來。

不斷朝著錯綜複雜的陌生道路、沒有目的地前進。

一心一意到了搞不清楚東南西北的地步。

「啊……！」

跑進小路之後，才發現此路不通。

急忙回頭一看，似乎沒有往回走這個選項。

——胸口好像烈火燒灼一樣痛苦。

就在我腦袋停止運轉愣在原地的同時，手機突然響起。

急忙看了一眼液晶螢幕，是經紀人打來的。

戰戰兢兢按下接聽的按鈕，經紀人從電話響個不停的房間，以怒吼的語氣開口：

『喂喂？妳現在在哪裡？』

「我、我不知道……啊，那個，我……」

『我接到警察通知，事務所也陷入恐慌囉。啊啊……在這麼重要的時期為什麼會發生這種事……』

「啊，那個，對、對不起……」

『妳知道自己是什麼身分嗎？聽好了？妳不是「普通人」。至少要有這個自覺吧？』

「……嗎……？」

『咦？妳說什麼？喂，聽得到我說話嗎，回答我……！』

「我、我有那麼不普通嗎？我、我已經變裝了……可是……大家的眼神好像看到怪物一樣……！我、我受夠了！我不回去了……！多謝您長久以來的照顧！」

『咦……？啊，等──』

我不等經紀人說完便結束通話。

我在呼吸都很辛苦，腦袋無法思考的狀況下說出什麼話了？

至少可以確定自己惹出大麻煩，此時此刻給許多人造成困擾，至少這點我還明白。不過只有打回去道歉這件事，無論如何都做不到。

一邊感受吵個不停的蟬叫聲、在遠處行駛的汽車聲、通風口透過牆壁傳來的微微震動，一邊想著時間到底過了多久。

雖然感覺不到有人追到我癱坐的巷子裡，卻也動彈不得，只有時間不斷流逝。

媽媽應該知道這件事了吧？

永遠支持我，在決定發行CD時，比誰都還要為我高興。

沒有比這更令人開心的事，也是我最大的救贖。

可是我連這個也背叛了。

最後只想著自己，把其他人捲進來……

無所適從的心情，變成眼淚撲簌簌流下。

即使想著乾脆遠走高飛，但是不管去到哪裡，應該都逃避不了人們的目光。連自己也注意到了，自己的「不普通」已經到了那種地步……

一陣莫名的不安感突然來襲。

我從包包抬起頭來，把臉轉向旁邊，眼前的景象讓心臟快速跳動。

「嗚……嗚哇啊啊啊啊！」

身體跟不上突然的動作，失去平衡跌坐在地。

在此路不通的巷子出口，有一個人站在那裡。

明明是夏天卻穿著長袖連帽外衣，帽子拉得很低，露在外面的長髮飄動。

令人驚訝的是那個人站在伸手就能摸到的距離。

他是一路壓低腳步聲接近這裡嗎？如果真是這樣，那就不妙了。

我張開嘴巴，可是發不出聲音。

嚇得腿軟站不起來的這個狀況，大概就是所謂的「無路可逃」吧。

「啊，不……抱歉。我不是故意要嚇妳的……」

帽子底下傳來有些沙啞，不過不失溫和的女聲。

「……咦？」

早已抱持任君處置的心情，腦中閃過走馬燈的我，忍不住發出有些傻氣的聲音。

仔細一看，發現她的五官端正，皮膚白皙。

從動作來看原本以為是男生，沒想到居然是女生……而且可以歸類是美女。

她為了讓視線與坐在地上的我平行，特地蹲下來看了一下周圍，接著低聲說道：

「剛才……妳讓我見識到那個。還真是引人矚目呢。」

「那、那個是指……」

「在人行道引發的騷動。不過話說回來，沒想到會鬧得這麼大……」

她看到剛才的騷動……也就是說，這個人從那場騷動到這裡都一直跟著我？

如果真是這樣，她果然也是把我視為異類聚集的人之一……？

直到剛剛為止的鬱悶心情，伴隨些許的怒氣再次湧現。

「我、我已經辭掉工作了……！請……請妳不要再追著我！呃，那個，如果只是要簽名

的話倒是沒問題……」

我說出來了。原來我也可以把自己的想法說出口。

把話說得這麼清楚，她看起來是個冷靜的人，相信應該可以理解。

在這種狀況，若是簽名馬上可以簽給她，要是因此滿足就好了……

為了偷看對方的反應，我戰戰兢兢睜開眼睛，只見對方一臉「搞不懂妳在說什麼」。

「啊～……不，首先我沒有追著妳跑也不是要簽名。話說妳辭掉工作了嗎……？」

對方的回答大大偏離原本的預期。

沒有追著我跑？也就是說她不是粉絲……

緊張感稍微緩和，隨即更加緊張。

如果不是粉絲，該不會是想綁架我的那個吧？

為了贖金之類的！走投無路的我面臨空前危機？

不過她沒有撲過來，只是站起來把手插進口袋裡。

然後拿出手機。那是沒有裝進保護套，沒有任何裝飾的行動裝置。

「總之距離約定的時間還早，雖然妳應該是碰巧過來這裡，不過對我們來說也算剛好。地點離這裡不遠。」

「咦？什、什麼約定的時間……？」

「嗯？我記得妳約定的時間應該是1點……不是嗎？」

我也拿出手機看向液晶螢幕，最先顯示的未接來電與語音留言多到令人難以置信。

現實一口氣轉換成視覺，有如吞下沉重鐵球的感覺突然來襲。

螢幕顯示時間剛好是10點半。

1點的……約定……

「啊……」

若是這樣就全部說得通了。

這個人是電視劇的工作人員。

這麼一來不是粉絲，卻從騷動現場跟到這裡的行動也能理解。

就算她知道我和經紀人約定時間是1點，也肯定是這麼回事吧。大概是有人收到消息得知那場騷動，為了趕上拍攝，於是要她帶我過去。

但是我不會回覆「好的，原來是這樣啊，我知道了。」就跟她走。

因為我剛才已經明確告訴她「我辭掉工作了」。

即使如此她還是會帶我過去吧，雖然這是理所當然的事，不過我不想照著她的話做。

我朝著面對巷子出口方向準備踏出腳步的她，自己努力站起來開口：

「那個……我已經辭掉工作了。暫時不打算回去。這樣妳懂我的意思嗎……？」

這次我冷靜地、比剛才更加確實地說道。相信這次她一定可以理解。

「……啊啊，我明白妳的決心了。所以說，總之先跟我來吧。」

她盡可能從正面看著我，以帶點溫柔的表情說完這些話便邁步前進。

現在或許還有機會逃走，不過當我看到她說「我明白妳的決心了」時的臉上表情，不由得無法行動。

等我過去拍攝現場，經紀人一定也到了吧。

她絕對會狠狠斥責我一頓。

想像即將到來的嚴厲說教，淚腺忍不住發達起來。

可是這次非得好好傳達我的意思。

就在今天結束吧。

把自己的心情全部說出來，被狠狠地教訓一頓，把這當成最後吧。

我重新下定決心，從後面追了上去。

小跑步追上她時，發現包包剛才貼住臉的部分，似乎被眼淚沾濕了。

「嗚……啊……」

「嗯？怎麼了？」

「啊，沒事……沒什麼……」

「……是嗎？啊，原來如此，包包和衣服之後洗乾淨就好。」

臉頓時紅得像是要噴火。

「嗚……嗯……」

這個人有敏銳的觀察力。工作方面想必也很機靈吧。

話說回來，今天因為東奔西走的關係，實在很想洗澡。

我與走在前面，身穿連帽外衣的女生稍微保持距離，一邊跟在後面一邊思考。

走出死巷之後右轉。接著在第二個十字路口左轉。然後從第一條小路右轉，走到盡頭之後左轉……

我沉默地跟著不發一語的女性走了大約十分鐘。

這個城市有這種地方嗎？總覺得越走越裡面了。

我記得今天是拍攝「拜訪家境不好的朋友家裡」的場景。

原來如此，就算是客套話也稱不上氣派的集合住宅與公寓排列聳立。

已經在準備拍攝了嗎？我又該怎麼開口才好？

胃部陣陣刺痛。

「這邊。」

身穿連帽外衣的女生突然停下腳步，換個方向。

不過這條路比剛才的那些小路還要誇張，是個狹窄陰暗的通道。

薄木板圍牆與公寓牆壁立在兩旁，寬度勉強能讓一個人通過。

「好、好窄喔……」

看到對方沒有回應，一言不發走進小路，沒辦法的我只好心不甘情不願跟上去。這是前往拍攝現場的捷徑嗎？雖然這樣也很奇怪……

一走進去，裡頭的封閉感非比尋常。

要是在這個瞬間遇到巨大昆蟲，到底該怎麼辦才好？

一邊看著腳下一邊小心前進，原本走在前面的連帽外衣女生的球鞋映入眼簾，我急忙停下腳步。

「這裡。」

如此說道的她用手指指向差不多在小路中間，寫著「107」的門。木頭圍牆剛好間隔出一扇門的空間。

「咦！這、這裡嗎？」

我的話還沒說完，她已經打開門走進去。

「啊，那個……等一下！」

門「砰！」一聲關上，我被扔在原地。

再次仔細觀察建築物的外觀，木頭圍牆上面只看得到水泥牆。沒有窗戶還是其他入口。

簡直就像倉庫或者是地面避難所，看不出來是間民房。但是門上面不知為何寫著「107」。

「這個……明顯不是『朋友的家』吧？」

如果說這裡是朋友的家，那個朋友的父母親一定是在家中研究奇怪生物吧？電視劇第二集突然去研究神祕生物的朋友家裡玩，雖然不無可能，不過從第一集的劇情來看，完全是意想不到的發展。

雖然外觀十分詭異，不知為何有股衝動想要開門

明明沒有其他門，門上居然寫著「107」……太可疑了。

「好吧……反正也不知道怎麼回去，只能進去了……嗯。」

壓抑不住好奇心，做個深呼吸打開門的同時，裡面果然不像是女高中生朋友的家——

一打開門，裡面是有十五張榻榻米長的寬敞空間。

外露的水管滿布天花板，由無數顆垂掛的燈泡照亮室內，還擺著玻璃桌與沙發等家具。無論是小骨董櫃或者是放在上面的地球儀，每件小東西看起來都很有品味，擺設的感覺很像置身祕密基地。

裡面有電視、微波爐、電腦、冰箱等一般家庭都有的家電，冷氣強勁的室內具有某種程度的生活感。

明顯不是來自日本的古老書籍在有歷史的書櫃上整齊排列，充滿不可思議的氛圍，這裡說是現代版魔女的工坊或許比較貼切。

最深處的牆上有四扇門並列。裡面還有房間嗎？這棟建築物的構造到底是怎麼回事？

進入玄關，剛剛的那名女子就站在整齊排列廚具的廚房面前。我環視一下周圍，果然沒有攝影器材也沒有工作人員。

在抵達時感覺到的不祥預感，慢慢變成現實。

「請、請問～～……這究竟是……」

「KANO，就是她。你先幫她說明一下……喂，起來了！」

還是一樣不理會我的詢問，戴著連帽外衣帽子的女性向躺在沙發上睡覺的人開口。

瞬間動了一下，接著聽到無力的聲音。

「唔……嗯？咦？這個女生是誰？」

把蓋在臉上的雜誌稍微移開，便看到貓眼少年睡迷糊的臉。

「是你說今天會來的新人啊，明明是你自己說的，這樣不行吧。」

「不，咦……？所以說為什麼是她……」

「你睡迷糊了嗎？好了，快點說明。」

「嗯～～……好吧。了解。」

從沙發坐起來，名叫KANO的青年看過來的同時似乎想起什麼，浮現詭異的笑容。

「咦？等，請……請問──」

「歡迎妳，新人！我們是目隱團！感謝妳參加這次的作戰！」

慢慢從沙發上站起來，臉上露出跟剛剛不同的爽朗笑容，接著像是要蓋過我的問題，以誇張的態度開口：

「總而言之，目前的活動是騙過警察的『眼睛』潛進危險設施，從那裡借出一些東西。細節部分待會兒再詳細……呃，有些事可能不能告訴妳，還請多多包涵，不過我會做出某種程度的說明。然後這裡是我們的基地。我想妳或許已經察覺了，說得直接一點，把這裡弄得像地下組織巢穴的人，是坐在那邊眼神兇惡……喂，好恐怖好恐怖，不，是團長KIDO的興趣。所以請妳不用緊張，隨性一點。成員方面有團長和我……啊，叫我KANO就好，還有另外兩個人……嗯，搞不好有三個人。平常不會特別公開做些什麼，以差不多的感覺緩緩進行。然後……」

「等、等一下！請等一下！那個……目隱是什麼……？危險設施又是怎麼回事……？你、你在說今天要拍攝的電視劇吧？你是導演嗎……？我今天來……是要傳達辭掉偶像工作這件事！不過……你們……到底是誰？」

事情來得太過突然，腦袋完全跟不上狀況。想問的事太多了。

這也是某個場景吧……不，應該不可能。

我拿到的劇本是很普通的校園戀愛劇。

至少裡面完全沒有出現地下組織巢穴、潛進危險設施這種內容。

因為對方以極為平淡的態度解說，所以不知不覺聽他說明，然而他們很明顯把我誤認為是另外一個人了。參與作戰……？從來沒聽過那種作戰。啊，不過當成副業倒是ＯＫ，我一直很想嘗試打工。

「……等一下。妳說妳是偶像……嘿，這、這是怎麼回事，ＫＡＮＯ？」

被稱為團長以及ＫＩＤＯ，穿著連帽外衣的女子詢問那個聽到我的問題，只是微笑回應名叫ＫＡＮＯ的人。

「咦？沒什麼，她就是最近街談巷議的超人氣偶像啊。妳看這個。」

他打開剛剛躺著時蓋在臉上的那本雜誌。

上面是關於今日發行單曲的特集報導。啊啊，那張是我很討厭的照片……明明是跨頁報導，卻是瞇著眼睛……太過分了……

穿著連帽外衣的女性把雜誌搶過去，來回比對雜誌與眼前的我，臉上漸漸失去血色。

「咦……喂……你說今天與候補新人約好碰面，要我順便過來看看情況……如果喜歡就讓她加入……」

「嗯。的確說了。那是騙妳的。」

「還說好像很有趣……喂，她不是偶像嗎！——騙我的！」

她一邊用力拍打雜誌報導上的臉，一邊激動開口。

居然在當事人面前……真過分……

「不，我有說那是騙妳的，只是ＫＩＤＯ一直聽音樂沒有回應。而且擅自把她帶回來的人是妳吧？根本是自找的。」

「因為你叫不起來我才會先過去！話說既然你起來了，為什麼不打電話給我？」

「因為每次打ＫＩＤＯ的手機都在聽音樂根本不會接。那樣很空虛又很麻煩。」

「就算是這樣，你……」

「——那、那個！」

兩人同時轉過來。被稱為ＫＡＮＯ的人還是一樣面帶笑容，至於女子則是一臉嚴肅。

「呃……那個，所以這只是誤會一場嗎……？」

小心開口詢問，名為ＫＩＤＯ的女子隔著帽子搔搔頭，嘆了口氣之後開口：

「啊～……好像是這樣。抱歉，是我搞錯了。所以妳可以回……」

話說到這裡突然想到什麼，再次臉色發白。

在沙發上坐起身體，名為ＫＡＮＯ的人忍不住笑了。

「你！知道搞錯人為什麼還全盤招供？連活動的事都說出來，當然不能讓她回去啊！」

「啊哈哈……不不不，那是因為ＫＩＤＯ一直吵著要我趕快說明。啊～糟糕，真是太有趣──」

話說到一半，名為ＫＡＮＯ的人被狠狠敲頭。

原本瞪著這邊，被稱為ＫＩＤＯ的女子突然一改直到剛才的面無表情，露出像是慌張又像是生氣的表情。看到那個表情，腦中浮現「年紀和我差不多，頂多比我大一點吧……」缺乏緊張感的想法。

明明是要緊張應對的場面，大概是從這些人身上感覺不到緊張感，稍微安心了一點。什麼什麼團還有地下組織巢穴之類的雖然有些詭異，不知為何總覺得他們不是壞人。

「那、那個……」

姑且打算開口發問時，再次被打斷。

「唉……妳叫什麼名字？」

「咦？」

被稱為KIDO的女子嘆氣詢問的同時，在名叫KANO的人旁邊坐下。

「名字，妳的名字。我叫KIDO。這個輕浮的傢伙叫KANO。」

說話方式與態度，隱約帶有中性的感覺。

被說是輕浮還笑著對我揮手坐在一旁的人，看起來雖然比較成熟，不過仔細一看年紀似乎與我差不多。

「啊，呃，我叫如月桃。今年十六歲……」

突然被問到名字，反射性地連同年紀一起回答。雖然不算習慣，不過要是聽起來像是偶像試鏡怎麼辦？

搞不好會被認為我在強調「我是偶像、這是我的習慣（驕傲）」。啊啊，完了……那樣真的好丟臉。

「如月啊。話說真的是偶像呢。連年紀也一起說出來。」

糟透了。

「不！不是的！我不是因為感覺是在試鏡還是習慣，這只是碰巧！因為我完全沒有朋友，所以只要跟人說話就會說出奇怪的話！啊哈哈……哈哈……」

——沉默的感覺好尷尬。如果這裡有洞，真想跳進去把自己埋起來。

「是嗎……好、好像各方面都很辛苦呢。」

「是、是的……」

居然被安慰了。

名為KANO的人再次發笑，KIDO往他的肚子上打了一拳，讓他沉默。

「不過話說回來，真是傷腦筋……老實說，雖然很想馬上讓妳回家，卻說了不該說的話，以我的立場不能讓妳現在馬上回去。」

「從聽到的內容……好像是這樣……」

「都是這個笨蛋害的。」

「啊哈哈，就說剛才那是KIDO的錯……或許不是。」

KIDO把臉轉過去，KANO很快一邊訂正一邊用手保護側腹。

「不不，我倒覺得不完全是壞事。剛才碰巧在線上直播看到，那個『能力』很厲害。」

線上……？直播……？是我引起騷動時的影像嗎？果然很多人都看到了嗎？

「你說她很厲害嗎？」

「嗯。妳在成為偶像之前，就是很容易受到矚目的體質吧？」

「咦？是、是這樣……沒錯……」

聽到體質這個說法，忍不住有些動搖。

KANO看到我的反應，臉上浮現像是在說「原來如此」的表情。

「看起來應該是十分麻煩的能力吧？妳居然會想去當偶像。」

看到他似乎對我瞭若指掌的態度，有種內心遭受窺視的感覺。

「有段時間媽媽的工作遇到瓶頸，所以我想幫點忙……但是為什麼……」

「咦？呃，是不知不覺嗎？雖說是超人氣偶像，不過引人注意的方式實在不太『普通』。感覺和KIDO完全相同。如果MARI是妳這種體質就死定了。啊哈哈。」

「MARI是特別的吧。畢竟前提不一樣。」

「嗯，的確是沒錯。啊，對了，她一直沒出來，還在生氣嗎？」

「那個……我、我聽不太懂你們在說什麼……」

腦袋越來越混亂。雖然不像壞人，但是他們到底是什麼人，接下來我又該怎麼辦？

「啊啊，抱歉抱歉。這個嘛，總之妳先坐下吧。」

「啊，好的……」

兩人建議我坐在隔著一張桌子的沙發上。

與KANO面對面坐下，不知為何有種過來諮詢的感覺。

「用很簡單明瞭的方式說明，就像KANO剛才所說，現在讓妳回去會有很多問題。所以要請妳暫時待在這裡。如此一來，理所當然會對妳造成很大的困擾，該說這是交換條件嗎？總之我有個提議。」

「提、提議嗎？」

「沒錯。就結論來說，就是醫治妳那個『體質』。或許該說是『抑制』吧？總之我想幫忙。當然了，前提是妳有這個需要。KIDO，我們只有那個辦法吧？」

「嗯……就是這樣。反正現在不能讓妳回去。」

這是今天最讓我懷疑自己是不是聽錯的發言。

因為第一次遇到想對我這種體質「想辦法」的人。

不過我當然不可能這麼簡單相信這番話。

從剛才的對話內容推測，他們有可能只是想說些引人注意的話。

話說到底這又不是疾病，又該如何「醫治」呢？

要是自己做得到的事，早就去做了。根本找不到辦法。

「這、這個嘛……如果可以醫治，當然很開心……」

「啊，果然想要醫治啊。妳很明顯無法控制。不過每個人都有適合與不適合的方式，要試過才知道。」

「試……」

我真的可以相信這個人嗎？

才剛見面不久，還不清楚他的底細，而且好像在做什麼「壞事」。

不過話又說回來，我到現在還沒遇過理解我這種體質的人。

「要是可以普通一點」的平淡心願在這種情況下變得越來越強烈，甚至到了不惜拜託不認識的人的地步。

「啊啊……不過這種感覺真叫人懷念。我以前也跟KIDO說過同樣的話。」

KANO先是瞄了我的臉一眼，接著好像想起什麼閉上眼睛。

「或許有過那種事吧。」

「當時的KIDO還很可愛~……『這樣下去我會消失，救救我~』好痛好痛！」

話還沒說完，KIDO的手就往KANO的肚子揍了一拳。一直針對那個部位進行重點攻擊沒問題嗎……

「早知道應該先讓你消失才對。」

即使是被勒住，KANO依然維持一貫的笑容。

「不不不，不過真是美好的回憶……話說回來，就算聽到能夠『醫治』妳也不相信吧。吶，KIDO，稍微露一手讓她看看。」

「為什麼是我。你來做。」

「哎呀，因為我的很難理解吧？雖然最容易理解的是MARI，不過她現在絕對還在生氣，太麻煩了。」

「唉……好吧，事情會變成這樣也是我的錯。」

KIDO邊說邊嘆氣，接著站起來走向屋裡的某一扇門。四扇門當中從右邊數來的第二扇門打開，可以看到裡面放著類似簡易床鋪的東西。

「請問……是要讓我看什麼？」

「啊，不，就是我說或許能夠醫治妳的體質的證據。我覺得應該還滿容易理解……」

證據？到底是怎麼回事？她要帶曾經治好比我更引人注目的案例過來嗎？

又不是減肥案例，而且也沒有像是前後差距的東西……

就在我想這些事時，門「砰！」關上，KIDO從屋裡消失了。

KANO還是一樣露出笑容。總之要等KIDO帶某人（？）過來吧？

於是我也決定抱持期待等待。

……已經過了一分鐘以上，KIDO還是沒有回來。

試著把視線轉向房間裡的壁掛鴿子時鐘與電子時鐘。老實說，在不知道等待什麼的情況下枯等，感覺時間過得很慢。

依然面帶笑容的KANO只是在看雜誌。感覺不到門會打開，我到底在做什麼？

「——請問……唔哇啊啊啊啊！」

轉頭想問KANO在等什麼的同時，不敢相信的景象映入眼簾，忍不住發出尖叫聲。

在隨意翻閱雜誌的KANO的旁邊，坐著打扮與剛才一樣的KIDO。

從門到這裡沒有東西擋住，我也沒有從位子上起身。

「為……為、為、為什麼……？什麼時候？」

ＫＩＤＯ以「覺得很吵」的冰冷眼神，看著被突如其來的狀況嚇得跳起來，差點滾到沙發後面的我。

「大概就是這種感覺。嚇到妳了？」

看到我緊緊抓住沙發的靠背，ＫＡＮＯ以很開心的模樣說道。

「唉……不過妳也太誇張了，別露出好像看到鬼的眼神嘛。」

「因為是類似的東西好痛！」

ＫＡＮＯ的肚子再度挨揍，即便如此，臉上依然帶著笑容。到了這個地步還能保持笑容，讓人不禁懷疑這個人究竟有沒有自尊。

「剛、剛才那個是怎麼回事？」

總之我坐回沙發上，試著詢問眼前發生的現象。

老實說，我還是覺得ＫＩＤＯ有點可怕，無法好好正視她。

「KIDO也和妳一樣。不知該說是一樣還是相反，總之她從小就有能夠讓人『看不見』的體質。」

聽到KANO的說明，不禁懷疑自己的耳朵是否聽錯。

「透過剛才的示範相信已經理解，真的沒有發現吧？感覺就像一直持續這種狀態。」

真的沒有發現。

好像趁我移開視線的瞬間，突然出現的感覺。

簡直像在看什麼魔術。

「但是我從某個時期開始，為了能夠控制而開始練習，才有現在的我。這就是我說或許可以抑制妳的體質的證據——」

我像是拍打桌子一般探出身體。

「我要留在這裡！家、家事什麼的只要是能力範圍裡，我都願意做！作戰是嗎？包括那個我也會努力！請讓我加入……目目團！」

這個世界還是有意義的。

截至今天為止，不知道因為這個體質吃了多少苦頭，這是有生以來第一次因為胸中充滿希望，感到雀躍不已。

只要留在這裡，這個體質一定能治好。

一定可以普通地買東西、普通地聊天、普通地交朋友！

「是、是嗎……那真是太好了！嗯，還有是叫目隱團，這很重要。」

「目隱團！我會加油的！」

「不，可以不要用那個怪名字嗎？有機會報出名字也不太妙吧。」

「目隱團很帥啊！還請多多指教，團長！」

「怎、怎麼突然間……好、好吧，總之從今天起請多指教，『ＫＩＳＡＲＡＧＩ』。」

「是……是的！」

「是那個吧？說來說去，還不是因為從來沒有人叫妳團長，所以現在很開心──好痛！好痛！」

啊啊……這次是手臂被扭曲到奇怪的方向……不過還是面帶笑容！

ＫＡＮＯ應該還是有某種自尊吧。

當我苦笑看著短時間就習慣的狀況時，屋裡最右邊的門突然打開。
那裡走出一名好像來自圖畫書的世界，有著一頭白色頭髮的嬌小女生。
「咦？啊啊，終於出來啦，喂，ＭＡＲＩ……」
被叫到名字的少女轉過頭來，露出好像看到怪物的表情急忙跑回房間。
「……果然是這樣嗎？」
「預料之中的感覺？ＭＡＲＩ真容易理解。」
「啊～～抱歉，剛才那個是ＭＡＲＩ。雖然很想早點介紹……」
「那、那個……我好像被討厭了……」
雖然習慣被人投以奇怪的眼光，不過看到剛才那個舉動，還是忍不住感到沮喪。
「不，她不管對誰都是那副德性，不用在意。ＫＡＮＯ，你去叫她。」
「咦～～？不要。我不想一不小心惹惱她，被『那個』吃掉。」
「她會心情不好還不是你害的。只是穿雙和平常不一樣的襪子就哈哈大笑，才會變成這副模樣。」
「因為真的很怪啊。ＫＩＤＯ也是故意沒有反應的吧。」
「可、可是我沒有笑她也沒有多說什麼！那個時候不要有任何反應才是正確做法。」

「不不不，ＭＡＲＩ穿襪子出來時超級在意周遭的反應。不管怎樣都一樣吧？……話說回來再這樣下去沒完沒了，所以妳去叫她吧。至少比我去好吧？」

「你……」

「好啦好啦。這種時候由女孩子出面，比較不會出事。」

「……唉……好吧。把她叫來之後，你會變得怎樣我可不管。」

ＫＩＤＯ從椅子上起身走過去，打開剛才名為ＭＡＲＩ的少女出來又回去的那扇門。

「啊嗚？」

開門的瞬間，傳來伴隨微弱慘叫的沉重聲音。接下來可以在看到剛才那名少女用手按住額頭，眼中浮出淚水。

是因為回到房間後一直站在門前嗎？似乎被突然打開的門打到額頭。ＫＩＤＯ面對房間朝這邊豎起大拇指，少女瞄了這邊一眼，眼中含淚搖搖頭。

「啊，那個……她果然很討厭我……」

「不不，ＭＡＲＩ似乎是最高級的內向……話雖如此，果然有點棘手。」

ＫＡＮＯ以不怎麼放在心上的感覺，再次拿起雜誌翻閱。

由於ＫＩＤＯ是在打開門的情況進行勸說，所以可以聽見小聲的對話。雖然不是很清楚，不過「恐怖。」、「不可能。」明顯出自內向少女口中的話語，還是句句刺傷我的心。

「那個……如果真的不行……」

在我對ＫＡＮＯ說出這句話的瞬間，聽到門用力關上的聲音。

ＫＩＤＯ與彷彿躲在她背後，人稱ＭＡＲＩ的少女站在門前。

及腰的白色長髮好像動物的毛，看起來蓬鬆柔軟，忍不住想像如果把臉貼在上面磨蹭，應該很舒服。

「喔，好像成功說服了。真不愧是團長。」

ＫＡＮＯ闔上雜誌，小聲拍手。

ＫＩＤＯ回到這邊，再次坐在同樣的位子。少女也在ＫＡＮＯ的身旁坐下，有如被夾在中間。

近看真的好像洋娃娃……淡粉紅色的眼睛，以及比ＫＩＤＯ更加白皙的肌膚，又長又漂亮的白色頭髮，簡直就像來自童話故事。

不過她還是低著頭，眼睛不停東張西望，看著桌上什麼也沒有的部分，以連這邊也聽得到的聲音，像在唸咒一樣不停重覆：「沒問題……沒問題……」

「抱歉讓妳久等了，她是MARI。」

被叫到名字的瞬間，她的肩膀抖了一下，戰戰兢兢抬起頭來。

看來是相當內向的女孩子。身為新人的我得好好打招呼才行！

「妳、妳好，MARI！那、那個，我會好好努力，還請多多指教！」

在我開口的瞬間，她的肩膀又變得僵硬，不過我的話似乎傳達給她了，在我說完話的同時，她的表情也變得緩和許多。

「…………」

不過MARI的身體還是一樣僵硬。

「呃……啊哈哈……大、大概就是這樣……」

為了避免沉默，忍不住笨拙地打圓場。我是一旦陷入沉默就會束手無策，不擅語言的人。下次去買本溝通理論的書吧……

意外的是沉默並沒有持續太久。

「我、我叫……MARI……妳、妳好……」

雖然察覺到她在自我介紹，音量卻小到幾乎瞬間無聲。

ＭＡＲＩ的眼睛再次不停打轉，雪白的肌膚逐漸紅到耳根。

「我、我去泡茶！」

或許是到達極限，ＭＡＲＩ起身以不穩的腳步往廚房的方向跑去。

「啊啊！不、不用麻煩！」

好不容易願意和我說話，卻馬上離開座位……

「哎呀……ＭＡＲＩ很努力了。」

「嚇我一跳，這是她第一次對初次見面的人說那麼多話吧？」

兩人都異口同聲稱讚ＭＡＲＩ。

「咦咦？是這樣嗎？」

對於剛才那個不能稱為對話的互動，卻獲得「說了那麼多話」的評價，隱藏不住驚訝的我忍不住反問。

「話雖如此，ＫＩＳＡＲＡＧＩ大概是第四個和ＭＡＲＩ面對面說話的人，不太能夠作為參考吧。」

「第四個？Ｍ、ＭＡＲＩ平常都在做什麼……？」

「做什麼啊……嗯～……用現代的說法就是尼特族吧？」

ＫＡＮＯ一邊開口一邊看向ＫＩＤＯ。

「是啊。因為她幾乎不出房門，或許也可以稱為家裡蹲……」

「啊……這樣啊……嘿、嘿～～……」

雖然是我問的，但是對於被若無其事說是家裡蹲的ＭＡＲＩ，總覺得有些抱歉。

「不過ＭＡＲＩ再不做點什麼會很糟糕吧？已經當了家裡蹲尼特族兩年，實在有點說不過去。」

「我們已經討論過很多次了。每次只要提到這個，她就好一陣子不說話。」

「這麼說也是……咦？怎麼了，ＫＩＳＡＲＡＧＩ？」

「啊！沒、沒事！沒……沒什麼……」

對於當了家裡蹲尼特族兩年這句話有點反應，看到我露出複雜的表情，ＫＡＮＯ把臉湊了過來。

「？」雖然露出不可思議的表情，不過似乎不打算深入追問。

「不過ＫＩＳＡＲＡＧＩ的加入，對她來說好像不是壞事。」

「是啊。不知為何似乎很開心。」

「咦?真的嗎?從……從哪裡看得出來……?」

「妳看，MARI準備了兩個她中意的杯子。因為那是絕對不讓我們用的杯子，所以一定是要給KISARAGI用的。」

我看往廚房，只見MARI手忙腳亂地進行準備，托盤上面放了四個白色杯子。

光是這樣看不出杯子的價值，其中兩個是純白的，另外兩個印有奇幻動物的圖案。

「啊……」

這真是太令人開心了。

就算是客套話也稱不上擅長與人往來的MARI，似乎為了我端出中意的杯子。

這一定是她特有的歡迎方式吧。似乎有股暖意在胸口擴散。

如今回想起來，感覺真的好久沒有和同年紀的女孩子說話。

我在學校因為不規則的工作和這個體質，幾乎沒有和誰面對面說過話。

「原本還有點擔心，接受程度似乎比想像中還要高。女孩子果然很不錯!真是前所未有的美──」

KANO把臉靠近KIDO，發現她的表情似乎有些不滿。

我立刻察覺這句話的意思，KANO也接著「啊……」發出理解的聲音。

「對啦……因為我是這副德性，一點也不像女孩子……唉，真是抱歉啊，喂……！」

「等等！不不不！妳在說什麼！KIDO其實會偷偷換潤髮乳，拿著蕾絲裙在鏡子前面好痛好痛好痛！」

我覺得會挨揍也是沒辦法的事。是KANO的不對。

「對了，KISARAGI，是不是該與事務所還是家人聯絡一下？不要把事情鬧大比較好吧。」

「啊啊！對了！我都忘記了！」

「在這之前，KIDO，住手……！投降投降！」

KIDO的表情完全沒變，持續勒緊KANO的手。

總之先打電話給經紀人……啊，不行，好可怕。還是傳電子郵件跟她說一聲……

拿起手機就看到滿滿的未接來電與電子郵件與語音留言。

胃部感到刺痛。

該怎麼形容這個狀況？仔細想想，現實生活根本不太可能遇到這種出人意料的狀況。

總之先把想到的內容打成電子郵件。

「標題：我要辭掉偶像工作。

內文：我現在人在名為目目團的組織巢穴。我想請他們醫治我的體質。請不用擔心。也請幫我跟家人說一聲不用擔心。真的很抱——」

——打到這裡，發出今天最大的嘆息。

這封信的寄件人，肯定會被當成吃到來路不明的蕈類吧。

光看內容，很明顯不是腦袋正常的人會寄的信。

「這個……該怎麼傳達才好？這種狀況……？」

「……不……該怎麼說，很抱歉……」

即使我用求助的眼神看著ＫＩＤＯ，或許是對當初因為認知問題把我帶回來感到愧疚，

只見她露出有些驚慌，難以形容的表情。

「嗚，總之這樣不行……有沒有其他比較好的說法……」

「啊，茶泡好了，讓大家久等了……！哇啊！」

在我盯著手機想重寫時，茶杯從右上方掉落。

很有份量的液體淋向頭部和手機。

「哇啊啊啊啊啊啊啊啊啊！」

出人意料的狀況，讓今天不知道第幾次的尖叫聲響遍整個屋子。

雖然同時被熱茶淋到，但是手機畫面顯示「發送中」的文字才是主因。

「啊啊啊啊！哇啊啊？對、對不起對不起！」

「夠、夠了，趕快去拿可以擦的東西過來！」

KIDO急忙對著跌了一大跤的MARI指向廚房方向。

即使拚命對著手機按下「停止發送」按鍵，還是沒有反應。

就在束手無策的狀況下寄出郵件，接著手機好像完成最後的工作一般就此安息。它到底做了什麼……

「拿、拿來了——哇啊！」

這次是完全沒有擰過的濕布掉在頭上。

冰冷的液體沿著頭髮滴落。

頭上頂著抹布的我環視四周。

只看到臉色發白，彷彿快要哭出來的ＭＡＲＩ——

即使是這種狀況依然面帶笑容的ＫＡＮＯ——

以及隔著連帽外衣的帽子搔頭，滿臉困擾的ＫＩＤＯ。

——啊啊……真是傷腦筋。不過總覺得怎麼樣都無所謂。

不知為何突然覺得好開心。

好久沒有這種感覺了。

雖然現在不是做這種事的時候，想法或許也有點扭曲。

不過這時的我心想這就是「青春」吧。

這就是與社團成員一起做蠢事的感覺嗎？

外頭的豔陽釋放令人暈眩的光線。

蟬激動地大聲鳴叫。

在這樣的炎炎夏日，我暗自下定決心。

然後像是要確認這份決心，試著發出聲音。

「——我會在目隱團好好努力！」

陽炎眩亂III

是從什麼時候開始的？
一切的開始。
應該在我為了暑期輔導，從鄉下到ＨＩＹＯＲＩ的親戚家開始。
應該是這樣沒錯。
那個家裡的白髮人叫什麼名字？
記得是個很奇怪的名字。
不過我也沒有資格說別人。叫什麼ＨＩＢＩＹＡ，我的名字大概也很奇怪吧。

長得很高，我行我素的那個人。

問問ＨＩＹＯＲＩ吧。他應該記得。

不過很久以前好像問過很多遍。

叫什麼名字呢……呃，算了。

對了，ＨＩＹＯＲＩ到哪裡去了？

我們應該是一起出門的。

到目前為止，我有過一個人的經驗嗎？

好像有，又好像沒有。

奇怪……甚至下雨了。

這大概是第一次吧……

在不斷重覆的夢境裡。

天氣預報失準，雨天讓城市換上不同的面貌。

無論是曾經聲嘶力竭的蟬鳴——

還是升起的陽炎，今天都不見蹤影。

「嘿……你。」

「什麼事？」

「你一個人來這裡嗎？」

「不是……我和朋友一起來的，可是走失了。」

「朋友？」

「是的。我們總是一起行動。可是感覺今天好像見不到她……」

「是嗎？你想見『她』嗎？」

「……我想見她。」

「這樣啊。那麼一定沒問題。不管是你還是她……」

「……你要去哪裡？」

「你可以一起來，不後悔嗎？」

「是的。」

「那就跟我來。跟你一樣，可以提供協助的人一定正在等著。」

「協助……？」

「透過那些人的『眼睛』與你的『眼睛』，一定有能看見的東西……」

「——所以絕對不要忘記今天的事。」

目隱CODE

一邊撫摸身體曲線一邊感受緩和的水流。打從今天早上開始一直想淋浴，沒想到會以這種形式實現。

在神祕組織的祕密巢穴。

手機和自己被茶水淋濕。

對方拚命道歉直到現在。

雖然寫成文字感覺更加詭異，然而「現實比電視劇的劇本更離奇」。

淋浴之後一邊擦拭頭髮一邊走回去，三人稍微把臉轉過來，不過很快又轉回去。

時間是上午11點半。

「總覺得不太好意思，還借給我衣服……」

「不，原本就是我們的錯。話說該怎麼辦才好……」

「真的……啊哈哈——啊！不！沒關係！真的沒關係！對吧？」

MARI從剛剛就不斷道歉，只要看到我嘆息，就會眼眶泛淚露出快哭的表情。

「可是……可是……！」

MARI的手上握著裝滿乾燥劑的密封袋，裡面是剛才被茶水淋到的手機。

在擦拭乾淨的桌上，是為了拿出乾燥劑才打開，有如前菜排得滿滿的點心。

「說什麼賠償，妳從哪裡拿出那麼多錢？賣書嗎？」

「必須……賠償才行……」

原本隨便斜靠在沙發上看雜誌的KIDO，一開口便毫不留情，MARI終於忍不住流下眼淚。

「哇啊！別、別這樣，團長！」

「沒辦法啊。事實上這傢伙也無力支付。」

「就、就算這樣也不必這麼說……M、MARI，真的不要在意好嗎？別哭了～～」

就算我出聲安慰，MARI還是一樣緊握密封袋哭得抽抽噎噎。

「問題是不能與外界聯絡會很不妙。KISARAGI還是得稍微與外界聯絡吧？」

KANO還是一樣滿臉笑容，刻意地聳肩開口。

「唔～～……話是這樣沒錯～～……」

剛才傳送的電子郵件內容確實很不妙。

有種即將掀起風波的預感。從午間談話節目「某超人氣偶像突然失蹤？極有可能遭到誘拐？」開始，漸漸變成新聞。

「姑且不論經紀人的手機，至少記得家裡的電話號碼吧？」

題外話，剛才KANO好像幫我查過事務所的電話，但是一直在通話中，就氣氛而言似乎不太可能接通。

「……這、這個嘛……」

「咦……？該不會KISARAGI……」

「不、不是，該說是對數字很不擅長……！我、我記得全部數字加起來是50！」

「這是什麼無意義的情報。」

「嗚嗚～～……」

總覺得從今天早上開始，一直被人同情腦袋不好。

「啊啊～～這麼一來警察或許已經出動，這裡很快就會曝光了吧～～……」

「到時候我們所有人都會以誘拐犯被逮捕……要是有支手機……」

KIDO一邊嘆氣一邊看著MARI，只見她肩膀動了一下，又流出大量淚水。

雖然我認為情況十分嚴重，不過這兩人不知為何樂在其中（主要是捉弄MARI）。

「只要MARI去做日薪支付的辛苦工作，就能很快賺到換手機的錢了！」

KANO露出燦爛笑容，邊說邊敲手。

「是啊。呃～～……喔，好像有指揮交通之類的工作。太好了，沒經驗也可以。」

KIDO把打工雜誌「啪！」攤在桌上，上面畫著一名頭戴黃色安全帽的人，揮舞紅色螢光棒的圖。

看到這個的MARI不再哭泣，臉色越來越蒼白。

「不不，這個比較好。『揮汗帶給大家幸福！企鵝標誌的石頭浴缸搬運！』唔～～……雖然薪水有點少，但是不分男女！」

「嗯，去鍛鍊一下也不錯……？喂，等一下等一下！」

KIDO抓住輕輕把慎重抱著的密封袋放到桌上，準備安靜離開的MARI衣襟，讓她再度坐下。

「妳要去哪裡？」

聽到KIDO的問題，比起手機，對於自身即將面臨的危險，MARI的臉上滿是驚恐和害怕。

「那種工作……我……沒有辦法……」

攤在桌上的打工雜誌印有可愛的粉紅企鵝插畫。看起來似乎是運輸公司的形象角色，然而與可愛的外表相反，實際上是「歡迎無經驗者，男女不拘，喜歡活動身體，體魄強健者尤佳！」充滿汗臭味的徵人內容。

「等、等一下，這個對MARI來說有點強人所難吧……？」

「不不不，這是要她學習社會！哇啊，工作時間從早上6點1到半夜11點都可以！當天即可上工，這樣很快就可以賺到手機的錢。」

ＭＡＲＩ只能對這些話一一做出「噫咦咦咦——」的反應。

捉弄她到底有什麼意義？

「夠了！這樣太可憐了！沒看到ＭＡＲＩ很困擾嗎！」

我從桌上拿走打工雜誌，ＭＡＲＩ以彷彿看到女神的眼神看著我。

「話雖如此，也差不多該教導ＭＡＲＩ社會的嚴苛了。一直當尼特族也不太好吧。」

ＫＡＮＯ靠在沙發上一邊伸懶腰一邊開口，ＫＩＤＯ也「嗯嗯。」點頭同意。

也就是說這兩個人有從事什麼工作嗎？

「我、我也是有在工作的……！」

ＭＡＲＩ難得回嘴。

不過ＫＡＮＯ和ＫＩＤＯ像是要打斷她一般反駁：

「咦？妳說人造花的家庭代工嗎？那個一個月頂多５００元吧。」

「５、５００元？」

當我聽到百位數的收入隱藏不住驚訝，忍不住開口確認。

看到我的反應，MARI的臉因為害羞而慢慢漲紅。

「是的……可、可是我一朵一朵很用心地做……」

「我說妳啊……人造花一朵才5元吧？一天做三、四朵的妳……」

KIDO一邊嘆息一邊回應。

KANO接著追擊：

「普通人應該能賺到MARI的100倍吧？對吧，KISARAGI？」

「咦咦？問我嗎？」

MARI對我投以像是在說「救我」的眼神。不過聽到一個月500元，老實說實在無法幫她辯解。

「呃～……不！像、像這種事每個人有每個人的步調！沒錯！所以MARI做的也是了不起的工作……喔！」

「……就算一個月賺一個銅板也算？」

「就、就算是一個銅板……！」

即使聽到KIDO的質疑也不屈服，小心翼翼看了一下MARI，只見她以非常滿足的表情看著這邊。

雖然心情複雜，不過暫時鬆了一口氣。不過這孩子的未來的確令人感到不安。

「呼……好吧，既然都這麼說了，那麼只好由KISARAGI出手機錢了？」

KANO向KIDO進行確認。KIDO不發一語只是點頭。

「就是這樣！太好了MARI，KISARAGI說要幫妳出全部的錢！」

「咦咦？為什麼……咦咦？」

面對突然的態度改變，忍不住感到疑惑。

「咦？還是要MARI付？」

KANO露出爽朗過頭的笑容詢問我。

「……！不、不用……我、我來付就好……」

「聽到了吧！太好了，MARI！」

「這下子算是解決了。」

雖然打從一開始我就打算自己付，卻莫名有種遭到設計的感覺。這群人平常都是這副德性嗎……？

打從心底覺得這個團體很奇怪。

「請問……真、真的可以嗎……？」

MARI一臉不安地看著我。

「啊！唔，嗯！完全沒問題！」

「工作」收入實際是由母親代為管理，所以我能自由運用的只有零用錢，以這個月來說或許有點危險。

真不知道該說幸運還是什麼，因為沒有朋友所以有無謂的儲蓄，只要從那裡提領，總會有辦法——

「可是只有這些可能有點……真的沒問題嗎？KISARAGI？」

「只好想辦法……喂！為什麼拿著我的錢包？咦？什、什麼時候拿走的？」

KANO若無其事地打開錢包檢查。那應該是我放在包包裡的錢包。

確認一下包包，錢包的確不在裡面。什麼時候拿走的……

「哇啊！KISARAGI整理一下收據吧～～！話說會不會吃太多芒果乾了？」

「每天都買這個……和魷魚乾一起買。妳在訓練牙齒嗎？」

在KANO把一疊收據從錢包拿出來放在桌上的同時，KIDO也一起看向收據。

「嘿，哇啊，這是什麼飲料！加入碳酸的……紅豆湯？從這一天開始每天都會買來吃。迷上了？」

在一旁觀看的MARI笑了，我的臉熱得像是快要噴火。

「嗚哇啊啊啊啊啊啊啊啊啊！」

我以驚人的氣勢把桌上的收據收起來，並從KANO的手上搶回錢包。

「怎、怎麼可以這樣！居然隨便看別人的錢包……！」

「咦？哎呀……一不小心？」

公開我的飲食生活也是一不小心嗎？

早知如此，每天買總匯三明治和紅茶就好了。

「愛吃魷魚乾和紅豆湯的偶像嗎？」

「怎、怎麼樣……！不行嗎！」

KIDO一邊看著手上的收據，一邊以同情的表情開口，KANO的表情也變得嚴肅。

「果然……從各方面來看都太過分了……抱歉，未經妳的同意就擅自偷看。」

「不、不要這樣！啊啊啊啊啊！這、這個點心真少見！包裝很漂亮，好像很美……」

忍不住想要轉移話題，從桌上拿起剛才MARI沒有打開的點心。

那是包裝上寫著「特濃昆布高湯．男子漢的零食！」的醃蘿蔔。

「喔、喔……妳可以拿去吃……」

KIDO顯得不敢恭維，KANO忍不住噗嗤笑了。

如果這裡有洞，真的好想跳進去把自己埋起來，一直鑽到地底深處。

「可、可是紅豆湯很好吃……我也喜歡……」

「M、MARI……！」

MARI連忙插嘴，打算幫我解圍。

真是個好孩子……！

「可是有加入碳酸喔。」

「那樣也許有點噁心……」

因為正直過頭，得到反效果。

頓時陷入嚴重的情緒低落。

「好吧……反正我是奇怪的傢伙……難怪交不到朋友。」

一般女高中生的錢包裡，大概不會塞滿買魷魚乾的收據吧。

「喂、喂，別沮喪！打起精神來……！」

「特濃昆布高湯……肚子好痛……噫……」

「到底要笑到什麼時候！啊啊……！對不起喔？」

正想對捧腹大笑的ＫＡＮＯ生氣時，只見ＭＡＲＩ嚇得抖動肩膀，露出害怕的表情。

「啊，抱歉抱歉。啊啊，我還以為會死。好了，玩笑開到這裡，也差不多該出門了。」

「咦？出門……去哪裡？」

ＫＡＮＯ從沙發上站起來，伸個懶腰。

「總之得先更換手機吧？附近有手機行吧。」

「啊啊，的確。」

ＫＩＤＯ一邊翻閱從沙發旁邊放雜誌的地方拿出來的數位家電情報雜誌，一邊有氣無力地回答。

「雖、雖然這麼說有點晚，不過更換手機又能怎樣……？」

「唔～～至少可以轉移通訊錄吧？總之這點也問看看吧。」

「不，可是……我一旦到外面……」

現在外出很不妙吧？

要是再次出現人潮，就再也逃不掉了。

「啊啊，放心，我們也會一起去。對吧，KIDO？」

「……是啊。」

KANO看我一臉茫然搞不清楚狀況的模樣，樂不可支地笑了。

「KIDO的『能力』就像妳所看到的，不過那只是本質的一部分。」

KANO刻意攤開雙手繼續說下去：

「說得直接一點，KIDO不只『自己』，就連『周圍任意物體』都能控制存在感。我們把這個稱為『隱藏目光』的能力。也就是說──」

「也、也可以讓我消失嗎？」

我興奮得忍不住大叫。

「不是消失，而是盡可能減低存在感。KISARAGI沒有過這種經驗嗎？目光不是集中在自己身上，而是放在『什麼事』、『如何做』就會明白──」

腦中想到幾個類似的經驗。小學時在課堂上畫圖時也是如此。

「也就是說，妳的『吸引目光』能力對外也適用。現在是沒有留意到這點，才會吸引人們目光。總而言之，KIDO的能力可以讓那個完全無效，放心吧。雖然一開始是KIDO搞錯了，不過妳絕對是為了這件事而來的。」

KIDO難為情地用雜誌遮住表情。

「吶，搞錯什麼？到底在說什麼？」

MARI一臉茫然詢問KANO，只見KANO再次露出有所含意的笑臉。

這個人似乎是打從心底喜歡貶低他人。

「一定是這樣吧。雖然剛才盡情捉弄MARI，其實KIDO——」

「好、好了，走吧！啊啊，MARI別在意。沒什麼。」

KIDO一邊開口一邊把雜誌丟到沙發上，順勢站了起來。

「出門……？」

「到、到附近的手機行。」

MARI的話才說完，KANO便以驚訝的表情回答。

應該是因為KIDO從旁散發「不准說出來」的壓迫感吧。

瞬間窺見這個團體的上下關係。

「……會經過公園附近嗎？」

「嗯？這麼說來確實會經過。怎麼了？」

「那麼我也要去……我想要埋起來……」

ＫＡＮＯ一時之間不知道怎麼反應，ＭＡＲＩ已經起身往廚房的方向走去。

我和ＫＩＤＯ也不懂話中含意，同樣目瞪口呆。

「……埋起來是指……ＭＡＲＩ養的寵物死了嗎？」

「不，我不知道有寵物死掉。話說根本就沒有養吧。」

「嗯。ＭＡＲＩ應該連飼料費都負擔不起，我也覺得她沒有偷偷飼養什麼……」

「那麼究竟……」

就在我們交頭接耳談論關於ＭＡＲＩ「想要埋起來的發言」時，廚房傳來東西碰撞的聲音。ＭＡＲＩ把剛才泡茶時不小心打破的杯子碎片，放進用布做成的袋子裡。

「啊……」

此時才想起MARI想把心愛的茶杯讓我使用這件事。難得特地準備，卻因為不小心跌倒打破了。

MARI拿著繪有動物圖案的杯子碎片，又是一副快哭出來的表情。

「啊啊……原來埋起來是指這個。」

「那是MARI很寶貝的杯子呢。」

MARI花時間把碎片從便利商店的袋子拿出來，再一個一個包進漂亮的布裡。

與其說是作業，更像是為了不要忘記深深把它記住。

「……團長，方便說一下話嗎？」

「咦？怎麼了？」

「不一定是附近的手機行也沒關係吧？例如設有手機區的百貨公司等……」

雖然KIDO瞬間露出「？」的表情，嘴角隨即上揚，似乎明白我的意思。

「既然要去外面，不管去哪裡都無所謂。隨妳高興吧。」

「謝、謝謝團長！」

KANO這次也露出純粹的笑容。

「這不是很好嗎！反正MARI也沒去過百貨公司，一定很高興。有KIDO在，應該可以放心吧？」

「嗯，不過要看MARI願不願意。妳去問她。」

KIDO把我轉向廚房，從後面推了一把。

當我靠近時，MARI幾乎把大碎片都放進去，只見她正在煩惱該怎麼處理剩下的。用手拿小碎片很危險的。

「MARI，我來幫忙吧？」

我站在一旁出聲詢問，嚇了一跳的MARI轉過頭來。

「咦……？」

「用手摸小碎片很危險。我幫妳拿袋子，妳把這些倒進去吧？」

「唔，嗯……」

MARI一邊回答，一邊把手上的漂亮布袋遞給我。

玻璃碎片的重量是杯子的四倍。

除了中意的杯子，似乎也打算把其他的一起埋了。

我打開袋口，MARI把超商袋子裡剩下的碎片倒進來。

「這是很重要的杯子吧。」

「嗯……是媽媽給我的。」

我瞬間嚇了一跳。從KANO與KIDO擔心MARI將來的情形，感覺不到MARI父母親的存在。

雖然搞不太清楚是暫時的還是永遠不會回來，至少MARI的家人現在似乎不在身邊。

——就算不願意也會想起，忘不掉的記憶，讓胸口不禁揪緊。

「原來如此……」

「不過沒關係。我會好好記在心裡……」

原本擔心ＭＡＲＩ又要哭了，只是看過去之後發現ＭＡＲＩ露出非常溫柔的笑容。

看到這個模樣，反倒是我有點想哭。

但是ＭＡＲＩ沒有哭，所以我也不能露出悲傷的表情。

「是嗎……那個，可以的話，等一下要不要陪我去買東西？」

我決定試著把剛才想到的想法說出口。

「買東西……？手機嗎……？」

「不，如果可以……要不要去買大家一樣的杯子？」

話聲剛落，ＭＡＲＩ突然轉頭面向我：

「一、一樣？我也可以一起選嗎……？」

「當然可以！妳想想看，大家都用一樣的茶杯喝茶，不是很開心嗎？」

或許是對這個提議感到興奮，只見ＭＡＲＩ的表情變得開朗。

「……我想去……！」

「真的嗎？太好了……那就出門吧！」

「嗯……！可是要去哪裡……？」

「今天要去百貨公司！就是有各式各樣店家的地方！大家一起去一定很好玩！」

「百貨公司……？」

ＭＡＲＩ的表情因為期待與想像閃閃發光。

沒想到會讓她這麼開心……！

話說回來，原本以為今天是倒楣的日子，不知為何有點像是不可思議的開心日子。

去百貨公司買東西……我的心也因為期待而鼓動。

「我、我去準備……！」

ＭＡＲＩ把布袋小心翼翼放在廚房，快步走向房間。

聽到輕快的腳步聲，我也打從心底感到開心，臉上自然而然露出笑容。

啊啊……可是好危險，差一點又跌倒了……

「喔，KISARAGI找妳出去嗎？」

「唔，嗯……我去準備出門！」

聽到KANO的話，MARI回答時的表情感覺十分開心。

——直到KANO說出多餘的話。

「那真是太好了！啊，穿那雙襪子去吧？……嗚……噗……！」

KANO像是突然想起什麼，只看到他硬是忍住發笑。

襪子……？

是指之前提到MARI穿的襪子很有趣那件事嗎？

MARI現在的確是光腳……

一想到那件事，臉上的笑意突然僵硬。

不僅如此，只有KANO像是時間停住，突然一動也不動。

KIDO露出彷彿在說「完蛋了」的表情。

「K、KANO……？你怎麼了……」

稍微靠近查看，首先發現MARI出現異狀。

到目前為止的氣氛突然轉變，低頭散發殺氣。

從肩膀垂落的長髮兩端微微顫抖，好像有生命一般蠢動。從頭髮隙間露出來的「眼睛」，與之前的淡粉紅色不一樣……變、變成紅色了。

「哇啊！」

被突如其來的狀況嚇到，不由得驚叫出聲。

直到剛才為止都很乖巧的女孩，現正晃動頭髮釋放殺氣。

「唉～～……白痴啊……」

KIDO敲了一下KANO的頭，然而KANO還是站在原地沒有反應。

表情完全沒有變化，就好像櫥窗模特兒。

「這、這到底是怎麼回事……？」

「啊啊，MARI可以讓『眼神對上』的傢伙變成石頭。」

「石、石頭！」

KIDO再次敲打KANO的頭說明，這個發展太過超乎想像，完全聽不懂在說什麼。

居然能把人變成石頭，這與「奪走目光」的體質是不同等級。

那就有如魔法一樣。

MARI還是氣沖沖地喘氣瞪著KANO。

「這到底是……話說KANO這樣沒問題嗎？」

KANO以詭異到極點的表情僵硬不動。這麼說或許不太好，不過這樣實在很滑稽。

「不，這樣已經太遲了……一輩子都變回不來。」

「……咦？」

「真是遺憾……好！就裝飾在屋裡拿來吊衣服吧！不過老實說不需要……」

KIDO以不變的表情開口。

KANO……我們才認識不久，居然就以這種方式說再見……

啊啊，不過真的不需要這種衣架……

「總之太礙眼了，拿去丟掉吧……喲咻……MARI搬那邊。」

「嗯……這種東西要盡快扔掉……」

「——哇啊？KIDO在幹什麼，為什麼突然從後面抱著我！」

正當兩人想把KANO搬出去的瞬間，KANO突然動了。

KIDO立刻用膝蓋頂KANO的肚子。

從KIDO的語氣聽來，KANO應該會恢復，不過這招才是致命傷吧？KANO倒在地上呻吟。

「你是白痴啊？都要出門了，別做多餘的事！」

「團長對不起～……」

KANO躺在地上回答，不過臉上還是掛著笑容。

「好了，MARI也快去準備。再不快點百貨公司就要打烊了。」

「咦？哇啊……那我趕快去準備……！」

MARI急急忙忙跑進自己的房間。

KIDO無奈地垂下肩膀。

「那個……M、MARI……到底是？」

「我們也不太清楚……她好像是梅杜莎的後裔。」

「梅、梅杜莎！呃……就是會把人變成石頭的……那個？」

「是啊。雖然一開始我也是半信半疑，不過可以確定她不是人類。」

聽到KIDO若無其事地說明剛才那件不可思議的事，讓我有點反應不過來。

我聽過梅杜莎這個名字。

話雖如此，也只有「神話當中能夠把人變成石頭，有著一頭蛇髮的怪物」這種誰都知道的常識。

沒想到剛才就在眼前，親眼目睹她使用能力的過程。

「好像打從出生起母親就告訴她『我們是梅杜莎』而長大。MARI的母親似乎真的能把人變成石頭，至於MARI的極限好像只能讓人靜止不動。」

「可、可是……那麼不現實的……」

「嗯，我能夠了解妳的心情，不過MARI確實存在。算起來我和妳和她也是類似的存在。科學無法解釋，但是的確擁有特殊能力這點，妳也很清楚吧。」

「話、話是沒錯……」

「——討厭她了嗎？」

「……咦？」

「知道她不是人類，妳會討厭她嗎？」

「……不會。我在想如果可以成為朋友就好了……！」

「……那麼目前這樣就好。有機會再慢慢告訴妳我們的事。要是妳願意，也把妳的事說給我們聽吧。」

「嗯、嗯……！」

「我、我準備好了……」

MARI從剛才進去的房門探出頭來。

不過好像害羞得不敢出來。

「妳在做什麼，準備好就出發吧。」

「唔，嗯……」

打開門走出來的MARI，模樣沒有特別奇怪。

就連KANO用力嘲笑的襪子，也是沒什麼特別的普通白襪。

「咦？那雙襪子哪裡奇怪了？」

「啊啊，這雙很普通。不過之前穿的是泡泡襪。」

「泡、泡泡襪……？」

以現在的服裝想像穿泡泡襪的模樣，的確有點怪異。

MARI突然臉紅靠近KIDO。

「為、為什麼要說出來！這次明明穿得很正常……！」

「咦？抱歉，因為KISARAGI問了，很自然就說出口。這樣應該還好吧。」

「可、可是……！」

MARI瞄了這邊一眼。大概是因為被嘲笑，讓她覺得很受傷吧。

話說回來為什麼會穿泡泡襪……？

「不是的……！是KANO的書上寫的……」

「KANO的書……是這本嗎？」

隨手拿起KANO剛才翻閱的雜誌，上面寫著「大特集！超級懷念的女孩時尚大集合」的標題下方，有著該怎麼說……一群打扮誇張的時尚女孩。

「……因、因為覺得很好看……忍不住……」

現代的梅杜莎有著過人品味。

「明明很用心織……」

而且好像是自己做的。

＊

穿過小路來到大馬路上，四周還是一片喧嚣。

開在對向車道旁邊的成排餐廳，滿滿都是攜家帶眷的客人。

雖然沒有想過製造出那麼驚人的人潮之後還會再來這裡，不過情況已經跟剛才完全不一樣了。

明明沒有變裝也沒有躲藏，別說是人潮聚集，甚至沒被認出來。路上的行人完全沒有看過來，只是看著前方快速通過。

「感、感覺……好新鮮……」

「就算妳這麼說我也不知道該說什麼。不過ＫＡＮＯ那傢伙什麼時候才會發現。」

稍微走在人行道前面的ＫＡＮＯ看著我們的方向。

好像在找什麼小東西一般仔細觀察，突然露出「啊，有了。」的表情滿足地走回來。

「嗯，太完美了。應該說是要認真找才能找到。」

「你花太多時間了。」

ＫＩＤＯ以等得不耐煩的模樣嘆氣。

「就算妳這麼說我也沒辦法，就是看不見嘛。」

ＫＡＮＯ不改笑容地回應。

「哇啊～～……真的看不見了……」

「唔……該怎麼說。類似看得見卻沒有注意的感覺吧？真的體驗時會覺得怪怪的。」

根據ＫＩＤＯ的說法，她似乎能消除半徑二～三公尺以內的任何物體存在感。

不過因為不是透過我的身體，所以感覺就與平常一樣沒有任何改變。

「啊哇……！我也想看……！」

「白痴啊，要是妳離開就本末倒置了……話說ＭＡＲＩ，靠得太近了！好熱！」

ＫＩＤＯ把抓住連帽外衣的衣角，害怕不已的ＭＡＲＩ拉開。

「因、因為人好多嗚嗚……」

「大馬路上當然很多人！總之沒有問題，繼續執行任務。」

「是、是！」

聽到「繼續執行任務」這句話，感覺好像在進行祕密潛入任務，心情變得有些緊張。

不過其實是在執行更換手機與購買茶杯這種很日常的任務。

KIDO與KANO走在前面，終於走到的大馬路看起來好像完全不同的世界。

三百六十度的全景畫面，好像看電影一樣毫無干涉地流過。

走在路上的行人似乎沒發現這裡，要是一不注意好像會撞到。感覺真的好像變成透明人，這是到目前為止的生活無法想像的安心感。

不過右手邊的車道有很多車，感覺有點恐怖。突然有些擔心地看向走在旁邊的MARI，只見她一臉蒼白。之前一直沒注意，現在才聽到「沒問題……沒問題……」低聲自我暗示。

「那個……KANO……那個……」

「咦？什麼？為什麼要這麼小聲說話？」

「啊……不、不知不覺……」

「不，可以正常講話沒關係。要是喜歡也可以唱歌，妳的出道單曲叫桃色什麼的……」

「哇啊啊啊啊啊啊！為什麼突然提起這個！打你喔？」

「打我？……話說妳看，就算大叫也沒有人有反應吧？」

「啊，真的……不是這樣！MARI的狀況好像不太妙……」

MARI還是有如唸咒一般唸唸有詞。

要是行人看得到這副模樣，的確沒有人會靠近。

「啊～～……雖然猜到會這樣。我說MARI。喂～～糟糕，完全不行。」

KANO開始倒著走，接著在MARI的面前揮手。不過她的視線一直看著遠方，沒有任何反應。

不過這個人在這種狀況倒著走，真的沒問題嗎？

朝向前方走的人不會注意到這邊，所以必須主動避開。

「啊，稍微停一下。」

就在我一邊擔心這些事的同時，KANO突然停下腳步。

KIDO也同時停下來，MARI則是撞上KIDO。

「咦……？」

在我確認「怎麼了？」之前，有個騎著腳踏車的小孩子從左前方衝出來。如果繼續以剛才的速度前進，就會剛好撞在一起。

那是即使看著前面走路的我都看不到的死角。

「……！喂，MARI！」

「噫……對、對不起……」

KIDO一轉頭，MARI馬上低頭道歉。

「真是的，妳差點就被撞到了……」

「因為很恐怖嘛……！好多人……」

「就是人多才叫妳要注意。妳是白痴啊。」

「我、我不是白痴……！」

MARI想要頂嘴，但是又嚥了回去。

「唉……算了。快點走吧。」

KIDO再次往前走，於是大家也跟了上去。

MARI看起來比剛才冷靜許多，不過這次換成「為什麼要說那種話……」低聲對KIDO抱怨。

KANO以什麼事都沒發生的模樣前進。

「KANO，為什麼你會注意到剛才那個？」

「咦？啊啊。唔～就是知道啊？」

「就是知道……難道你能夠預知未來……？」

老實說就算聽到「是啊？」也不會感到驚訝，不過KANO只是一副「預知未來啊～要是可以就好了！像是明天運勢之類的！」不正經的樣子。

走在大馬路上逐漸接近百貨公司，人車也變得越來越多。

應該是從目的地百貨公司駛出的車輛很多，可以看到駛過對向車道的車子裡，堆放著巨大玩偶。

「嗯，喂，走這裡的路口。不要離得太遠喔。」

KIDO在交通號誌之前停下，用手指著斑馬線。

因為有車右轉，所以這裡要小心過馬路。

「車、車道果然很恐怖……」

「嗯。別怕別怕。跟緊KIDO就好。」

「話說回來妳也跟得太緊了……分開……一點……」

「可是……！可是……！」

MARI緊緊貼著KIDO，呈現像是要施展「原爆固定」的姿勢。

ＫＩＤＯ硬是甩開她，讓她抓著自己連帽外衣的衣角。
我也自然而然走在ＫＩＤＯ的身邊。
看到從眼前通過的大卡車，心裡不禁打個寒顫。
「嗯，可以過了。」
「喔。那就走吧。好好跟上喔。」
紅燈轉換成綠燈，目送兩台右轉車輛通過之後，ＫＡＮＯ才跨出腳步。
ＫＩＤＯ也跟著走過去。
因為感到不安，於是反覆確認車道。話說行人很多，注意力馬上轉到避開人群這件事。
順利通過斑馬線，已經可以從前方建築物的縫隙稍微看到百貨公司。
再通過前面的斑馬線，左轉之後直走就到了。
雖然好幾次經過百貨公司附近，每次看到還是覺得很大。
老是認為那個會出現ＲＰＧ裡。
「總覺得那個百貨公司好像出現在ＲＰＧ裡～」
在斑馬線前等待交通號誌變換燈號時，ＫＡＮＯ突然開口。

「咦？咦咦？怎麼會！」

「咦……幹嘛這麼驚訝？我說的話有那麼奇怪嗎……？」

對於時機太過剛好感到驚訝，不由得開始懷疑。

明顯看得出來KANO有些退縮。

雖然看起來好像碰巧，不過老實說這個人好像真的會讀心術，感覺好可怕。

「咦……不、不是，啊哈哈……沒什麼。」

「唔～～？總覺得反應有點奇怪。啊，難不成想的是同一件事？」

「哇啊！為、為什麼你會知道……？」

這個人果然會讀心術嗎？

如果真是這樣，那麼之前的妄想等等不就……一想到這裡，我的背脊便感覺到寒意。

「啊，果然是嗎？只是隱約有那種感覺，不過我和KISARAGI很合得來呢！」

「不、不要這樣，感覺好噁心！」

老實說出感想，只見KANO消沉地垂下肩膀。

果然不是讀心嗎？

「KIDO～……能夠了解我的果然只有KIDO了～」

「別過來。宰了你喔。」

「是～……」

KANO想要靠近KIDO，卻被殺氣逼退。

真不愧是團長。

號誌變成綠燈之後再次通過斑馬線，百貨公司越來越近了。

在我與KANO排成縱隊往前走，看到一輛白色廂型車經過逆向車道。

這麼說來，今天的電視劇拍攝不知道怎麼了……

經紀人果然挨罵了吧。

搞不好事務所全體總動員到處找我。

必須趕快聯絡，好好溝通，傳達我的想法才行……

「沒、沒事吧……？」

「咦？」

看往聲音傳來的方向，發現ＭＡＲＩ露出擔心的表情。

「啊，嗯！我沒事！呃……我的表情有那麼暗沉嗎……？」

ＭＡＲＩ毫不隱瞞地輕輕點頭。

對了，我好像終於交到朋友了。

終於遇到不是為了偶像，而是為普通的我擔心的人。

「抱、抱歉……啊，ＭＡＲＩ也看得到百貨公司吧？裡面一定有很多好玩的東西……真令人期待！」

「咦……？哇……真的！好像圖畫書裡的城堡！」

右邊的成排建築物出現間隔，原本被擋住的百貨公司現身眼前。

外觀豪華，即使ＭＡＲＩ說是城堡也只能點頭同意。

從以前就很想去屋頂的遊樂園玩，不過每次都是一個人而作罷。

不過今天來有大家，說不定可以稍微玩一下。

清楚感覺到胸口的鼓動更加激昂。

「沒錯吧！裡面一定更不得了吧？」

「嗯！好想快點進去！」

MARI像個小孩，眼睛閃耀光芒。

看往KIDO的方向，只見她稍微露出笑容。

我的眼睛也同樣閃閃發光吧，想到這裡不由得有些害羞。

我稍微走近KIDO，低聲對她開口：

「團長也一起買東西吧。」

「咦？不，我沒有要買的東西……」

「咦～難得有這個機會，去看看衣服嘛？我幫妳挑選可愛的衣服！」

「妳幫我挑……！不，不用了……」

「不用客氣喔？別看我這樣，我對挑選衣服的品味很有自信……」

「不，妳的便服很有問題吧？太華麗了，不符合我的個性……喂，妳怎麼了？」

剛好來到百貨公司的入口。

直到走近才發現，那裡站著一個眼熟的人。

不會吧。不可能。為什麼會在這個時機，為什麼會在這種地方……！

雖然我認為彼此沒有關聯，還是得盡快離開這裡才行。

「──KISARAGI？怎麼了？」

「哥哥……」

「啥……？哥哥？呃──哇啊？」

急著逃跑時絆到腳，整個人用力撞上KIDO。

KIDO就此失去平衡，直直撞上站立不動的哥哥。

「……！」

糟了。內心太過動搖，反而讓狀況變得更不妙。

「哇、哇啊！」

MARI也被突如其來的狀況嚇到，不知為何在什麼都沒有的地方摔跤。

ＫＩＤＯ馬上站穩腳步，重新面對哥哥。

「啊……哇哇對不起！呃……這個……那個……」

哥哥發出十分不知所措，很沒用的聲音。

接著哥哥以令在場所有人都感到驚訝的動作深深低下頭。

拜託饒了我吧……對自己剛才不小心「哥哥」脫口而出感到無比的後悔，伴隨嘆息流露出來。

「……不用在意，我也有不對。」

ＫＩＤＯ一邊開口一邊走回來。

抬頭的哥哥先是四處張望，接著把手撐著膝蓋大口呼吸。

這是什麼沒出息的生物。

只不過是撞到女孩子，卻好像遇到棕熊一樣慌慌張張。

幸好哥哥似乎沒有發現我，這恐怕也是ＫＩＤＯ的能力作用在我們身上的關係吧。

不，說不定只是哥哥的眼睛有問題。

總之這個狀況太過悲慘，不由得用手遮住眼睛。

「喂、喂，這是怎麼回事，KISARAGI！那傢伙是妳的哥哥？」

一回到隊伍，原本在哥哥面前表現出冷酷態度的KIDO，一邊流著冷汗一邊開口。

「嗚……不、不是……不要這樣……不是的……」

「不不，剛才KISARAGI的確叫了『哥哥』。」

就連原本平淡看著情況的KANO也在此時追擊。

「嗚嗚……！話說MARI沒事吧？抱歉，讓妳嚇了一跳……！」

MARI雖然已經站起來，不過長襪的膝蓋部分稍微破了。

「哇……！受、受傷了嗎？」

「嗚嗚，今天第一次穿……」

MARI似乎只在意長襪的事。

看來沒有受傷。

「真是……糟透了……」

「太好了……喂，KANO在笑什麼！感覺好噁心！」

「咦？不不，沒什麼……不要在意喔？」

KANO露出有如看到新玩具的表情。

真是噁心至極。

「嗚哇啊啊啊啊！太糟糕了！真是糟糕透頂！為什麼會在這種地方……」

「喂、喂，剛才那是哥哥嗎？妳的哥哥？」

「團長好吵！拜託別說了！真是糟透了……」

「喔、喔……！抱歉……」

看了一下哥哥，只見他在門口附近對著手機講話。

應該是在和某個女生聊天吧。

只不過為什麼他會在這種地方？

明明已經將近兩年沒出門……

「算了，快點走吧！好嗎？MARI！」

「唔，嗯……KISARAGI？……為什麼妳好像在生氣？」

「才沒有那回事！好了，團長也快走吧！」

「喔、喔……」

趁著哥哥停下腳步的空檔，趕快進入建築物吧。

推著KIDO的背穿過門口，迅速進入百貨公司。

「咦？吶，我呢？」

KANO一邊走在旁邊一邊指著自己，面帶笑容看過來。

「KANO請你回家睡覺！」

「咦～～……那我先去找哥哥玩再回家好了～～……」

「啊啊啊啊啊！那句話是假的！拜託請你一起來！」

「呀啊～～KISARAGI想要和我在一起就直說嘛～～！」

強忍湧上胸口的殺意，默默走在百貨公司裡。

總之先到七樓，家電賣場應該有手機專櫃。

哥哥不一定是有事才來百貨公司，況且百貨公司這麼大，有事也不會到同一個賣場。

總之只要離開現場，就萬事ＯＫ。

快點進去吧。終於到了開心購物的時候！

＊

午後的陽光從樓層的玻璃窗射進來。

似乎有許多顧客利用中元假期攜家帶眷逛百貨公司，只見小孩子們站在大型冰箱前又開又闔，興奮喧鬧。

如果可以，我也想像小孩子一樣吵鬧。不過現實是殘酷的。我大概是被什麼不好的東西附身了。

「Ｋ、ＫＩＳＡＲＡＧＩ……？」

「嗯～～？什麼事，ＭＡＲＩ？」

「噫……那、那個……打起精神來……」

「討厭啦。我很有精神啊？很開心呢……呵呵呵……」

「唔，嗯……說得也是……抱歉……」

百貨公司七樓。

這裡是家電賣場，店內喇叭播放著節奏輕快的ＢＧＭ。

ＫＡＮＯ用力伸個懶腰，看起來好像睏了。

這也是沒辦法的事。因為不知道要等到什麼時候。

雖然一進入百貨公司就立刻鎖定七樓，然而電梯與手扶梯的人太多，ＫＩＤＯ擔心無法使用能力，於是決定走樓梯。由於身體不是真的消失，所以只要被碰到，就會馬上發現我們的存在。

但是ＭＡＲＩ每爬兩層樓就氣喘噓噓，每次都要稍作休息，因此耗費大半時間。

好不容易來到七樓，正要往手機區的方向走去時，碰巧發現哥哥走出電梯。

在此訂正今天或許是好日子的想法。今天果然是個壞日子。

居然與兩年沒有踏出家門的哥哥目的地完全相同，這是多麼羅曼蒂克！要是浪漫之神在這裡，真想用盡全力擊倒祂。

題外話，在更換手機的期間，要麻煩請KIDO降低一下能力。

如此一來雖然會被人看到，不過不至於太引人注意。

似乎只會被當成想不起長相的客人。

不過哥哥似乎則是另外一回事。

本來就是相處時間很多的親人，如果稍微提高存在感，也許有可能會發現。

雖然我不認為遲鈍的哥哥會注意，為了保險起見還是決定在哥哥回去前先觀察狀況。

因為種種原因，現在的我們待在不打算要買，外觀有如手榴彈的水壺前面，等待舉動可疑的哥哥登出。

「為什麼會變成這樣……」

四個人一邊並排站在人不多的通道，一邊唸唸有詞。

為了更換手機來到這裡的目隱團一行人，正在執行為了不撞上偶爾經過的顧客適時加以閃避，這個簡單至極又有如地獄的作戰。

「該怎麼說，妳應該是那個吧。不幸體質。」

「咦……說得也是……經過今天的事，我也有相當的自覺……」

「話說妳的哥哥到底是來這裡買什麼？」

「我完全不清楚……不過我想應該是電腦用品吧。但是為什麼要特地出來買……？」

「唔～……應該是那個吧？因為中元假期，網購服務暫停了。」

「啊啊啊……感覺好像是這樣……話說回來，為什麼這麼碰巧……」

「哎呀，KISARAGI的哥哥感覺和KISARAGI很像，應該很合得來吧？」

「……我真的會打你喔？」

「啊，也許不像。說不定是我誤會了。」

「唉……MARI對不起……我會好好補償妳的……」

「不會……說起來原本就是我的錯……而且我覺得很有趣，沒關係。」

「嗚……真是的！到底要買到什麼時候！快點買一買回去啦……」

「就算這麼說，也才經過五分鐘吧？再等一下。」

「我想盡快跟事務所聯絡，然後和MARI去買東西～～……！」

「嗯……我也很期待買東西。不過我可以等，沒關係。」

「哇啊！MARI真的好溫柔！我們等一下去吃甜點吧，吶？」

「嗯……！啊，又有人來了。」

由於一名揹著大背包的顧客走進通道，於是MARI往旁邊移動。

這名顧客不知道是來看什麼，模樣完全不像在挑選商品，只是放下包包確認裡面。

「到底怎麼了？這個人一直不走……？」

忽然轉頭看向旁邊，發現KANO的表情明顯變了。

像是注意到這一點，KIDO的眼神變得銳利。

「KIDO，情況有點不妙。」

「嗯。KISARAGI、MARI，我們離開這裡。」

「咦……？嗯……？」

就算走到視線良好的寬闊通道，兩人還是一副神情緊張的模樣。

「怎麼辦？先離開吧？」

「你去帶KISARAGI的哥哥過來。不要嚇到他了。」

「了解。她們兩人就拜託妳。」

「沒問題，動作快。」

KIDO說完這些話的同時，KANO已經消失在哥哥剛才走過的通道。

「怎、怎麼了，團長？帶哥哥過來是怎麼回事……？而且離開這裡，手機……」

「剛才從那傢伙的包包裡傳來不尋常的火藥味。恐怕是手槍之類的武器。還稍微看到槍身，裡面好像也有炸彈。」

「咦？」

「……！糟糕……！剛才經過對面通道的傢伙也是同夥嗎……喂，KANO一回來就馬上離開這裡！」

「什、什麼……？KIDO怎麼了……？」

看到KIDO的態度突然轉變，MARI有些不知所措。
我也有一半以上的內容聽不懂。
不過就算搞不懂狀況也會害怕，因為氣氛瞬間變得緊繃。
腦袋來不及運轉。眼前的光景便鮮明地烙印在視網膜上。
「團長……那……那是……！」
「可惡……總之現在照我的話去做。恐怕這裡已經……」
突然聽到「碰！」轟然巨響。
以這個聲音為信號，整層樓幾乎同時傳來慘叫。
「噫……！」
MARI嚇得抓緊我。
慘叫的音量慢慢加大，逐漸淹沒整個樓層。
站在我們之前所在通道的男子脫掉上衣，更換特種部隊的服裝，接著從包包拿出槍枝衝了出去。

「可惡……晚了一步嗎……？喂！」

突如其來的狀況讓我有點措手不及，KIDO抓住MARI和我的手，把我們拉進樓層的裡面。

三人順勢跌倒在地，剛才站立的地方突然降下鐵門，完全阻隔之前看到的電梯側景象。

「喂！沒事吧？」

「我、我還好……！MARI沒事吧？」

被KIDO抱住的MARI不停發抖。

不過在KIDO的一聲令下，我們立刻進入小通道，三個人一起坐在地上。

「MARI冷靜，不會有事的。對方沒有發現我們。只不過……」

到處接連傳出慘叫聲。

還有慌亂逃跑的腳步聲響遍整個樓層。

「這下不妙……這些人是恐怖分子嗎？不只動作熟練，計畫也很周詳。他們打算把整層樓的人都當成人質嗎……」

忍不住冒出雞皮疙瘩。

不久之前哥哥還在這層樓。

也就是說，恐怕現在……

「哥哥……！」

「喂，等一下！ＫＡＮＯ正往那邊過去。妳現在出去只會一起被抓起來！」

「可是……！」

一想到最壞的結局，眼淚忍不住流了下來。

雖然他是家裡蹲又是尼特族又很遲鈍，還是我重要的家人！

為什麼會變成這樣？

好不容易對治好自己的體質抱持希望……

好不容易也許可以交到新的朋友……

這是對我給許多人造成困擾的懲罰嗎？

如果真是這樣，把所有人都牽扯進來，該不會也是我的錯吧？

「ＫＩＳＡＲＡＧＩ！總之妳先冷靜下來。所謂的人質並不會立刻被殺。總之還沒搞清楚狀況就隨便亂跑，對事情不會有任何幫助吧？」

「是……對不……起……」

雖然擦過眼淚，還是忍不住流下來。

在這之前的喜悅，讓今天的第二次眼淚有種恍如隔世的感覺。

到底該怎麼辦……

沉默了一陣子，鐵門對面傳來吵鬧的聲音。

看來好像是警察，似乎因為鐵門無法採取行動。

ＭＡＲＩ抱著自己害怕不已。

KIDO則是閉著眼睛像是在思考什麼……

「哇啊……！」

「噫……！」

KIDO無預警地突然晃動身體，受到驚嚇的MARI忍不住跳了起來。

原因是放在KIDO連帽外衣裡的手機響起。

「電子郵件……？」

KIDO再次露出緊張的表情拿起手機。

不過看完之後，則是一臉受不了的表情。

看到這個狀況與誇張的表情變化，我和MARI都是一頭霧水。

「那、那個……是誰傳來的？」

「……笨蛋傳來的……」

KIDO一邊開口，一邊把手機扔向我。

畫面上顯示內文。看了一眼寄件人，那似乎是KANO傳來的電子郵件。

『標題：我被抓起來了～～！

本文：妳們那邊的情形如何？這邊目前沒問題。現在和大家排排坐在一起！生平第一次當人質！啊！ＫＩＳＡＲＡＧＩ的哥哥也被抓起來了～～！而且還坐在我的隔壁！因此傳張照片作為紀念（有附加檔案），近況報告差不多就是這樣。』

看過內文，打開附加檔案的圖片，便看到手被綁著的哥哥後背，以及在他身後比出Ｖ字手勢的ＫＡＮＯ，除此之外還拍到周圍露出不安表情的人質。

這張照片完全沒有手震，拍得很成功。

「團長……這個人的腦袋是不是有問題……？」

「啊啊，已經沒救了吧……」

「那、那個ＫＩＤＯ……ＫＡＮＯ不危險嗎……？」

「不，相當危險。我是指腦袋。快點帶他去找醫生進行腦部解剖吧。」

「……話說回來，這個人為什麼被抓起來還可以用手機？」

「啊，真的……！旁邊的人都被綁著，只有ＫＡＮＯ比出Ｖ字手勢。」

「應該是這傢伙太白痴，連恐怖分子都認為不需要綁吧。」

「…………」

三個人陷入沉默。直到剛才為止的嚴肅氣氛到哪裡去了？

不知為何，突然有股被牽扯進鬧劇的強烈感覺。

「……現況大致上還是相當危險……應該……」

「團長……那個……」

「ＫＡＮＯ看起來好像很開心～」

我一邊看著有如「畢業旅行的學生興奮過頭的紀念照片」的照片，一邊嘆氣。

現在到底是什麼狀況？

「可是為什麼這個人沒有被綁起來？就算是白痴還是要綁吧？」

「在旁人眼中，ＫＡＮＯ應該是被抓起來，感到很害怕的模樣。」

「啊，ＫＡＮＯ又在玩變裝遊戲了？」

「咦……？這是怎麼回事……」

「簡單來說，那傢伙擁有『欺騙目光』的能力。如果我的能力是『透明化』，他就類似『看成不同的東西』。」

「那……那是什麼……？」

「總而言之，就和覺得貓咪好可愛，帶回家才發現是隻大狗的感覺有點接近。」

「哇。KIDO舉的例子好可愛～～」

聽到MARI笑了，KIDO難得臉紅。

「啊，不，別亂講。我、我對動物沒有興趣……」

「也就是類似錯覺畫的能力嗎……？」

「這個嘛，應該是吧。不過那傢伙的能力影響範圍很小。只能反映在自己身上。」

「咦？來百貨公司時也是，雖然沒有讓妳看到，不過他一直東張西望監視四周的環境。腳踏車時也是一樣。」

「啊……」

在我看到他倒著走時，其實也是一邊確認周圍一邊前進嗎？

這是為了不要讓我們在意……？

「……就算是這樣……」

「嗯……總而言之這傢伙是白痴……」

在畫面上比出V字手勢的男子露出極為爽朗的笑容，反而強調他的愚蠢。

不過因為KANO的幫忙，MARI已經停止哭泣，我的心情也冷靜下來。

這個人說不定很了不起。

不過出現在後面的笨蛋哥哥才真正叫人擔心。

難得外出就遇到這種事，而且還是一樣縮起來。

一邊想著那些事，一邊看著照片時，我的腦中突然浮現一個想法。

突然閃過的想法又誕生出新的想法，腦袋隱約想到「作戰」。

「啊……啊……！」

「嗯？什麼？怎麼了？」

「團長是『隱藏目光』，然後我是……」

「啊？妳在說什麼？」

聽到ＫＩＤＯ這麼說，明明是自己先開口，不知為何突然害羞起來。

不過剛剛想到的作戰，說不定是打破現狀的唯一手段。

「團長。搞不好能夠打倒……這群人。」

「……此話怎麼說？」

「呃，就是……嗚，用說的好難表達……我想打成文字思考一下，可以借我手機嗎？」

「嗯？沒問題……」

「也就是說……」

當我用剛才從ＫＩＤＯ那裡接過的手機輸入文字時，店內廣播傳來男子的聲音。這個聲音的主人，應該就是恐怖分子的首領吧。

「十億贖金嗎……看樣子犯人也挺愚蠢的。」

「十億聽起來的感覺有點頭腦簡單。有種『小孩子想像的鉅款』的感覺。」

或許是剛才看到非比尋常的白痴，感覺就連恐怖分子都變得愚蠢。

「十億是多少錢？」

「妳一天做兩朵人造花，連續做一億天的薪水。」

「……咦？什麼？」

「不，妳就別管了……」

大致聽過罪犯的聲明，眼前的首要工作是把作戰具體化。

我利用ＫＡＮＯ電子郵件的回覆畫面，快速輸入文字。

「咦，呃，等我一下……這個這樣……」

「慢慢打沒關係……話說妳真的有辦法嗎？」

「嗯，應該……咦、咦……？呃……」

打字打到一半，忘記最後一件事。

這樣說不定會有很多人受傷。唯獨這件事必須避免……

「啊，糟糕……果然不行……？」

「啥？怎麼回事？」

「唔……等我一下……嗯……」

「喂喂，妳們在討論什麼……？」

原本在旁邊聆聽的ＭＡＲＩ突然把臉湊近。

對了，剛才一直在和ＫＩＤＯ說話所以沒有注意，ＭＡＲＩ的心情好像已經穩定了。

「啊，呃……我在構想作戰……」

「咦，作戰？好帥喔……！」

「啊～～ＭＡＲＩ閉嘴。妳加入也沒有作用。」

「姆～～……」

「咦？可是……我是『吸引目光』，ＭＡＲＩ是『眼神對上』──」

「咦？妳剛剛說什麼……？ＫＩＳＡＲＡＧＩ？」

「……對了！……行得通！這樣應該可以！完成了！」

把終於打好的手機畫面拿給ＫＩＤＯ看，ＭＡＲＩ也一起湊過來觀看。

「嗯嗯……啊？這個半途出現的傢伙是誰！」

「啊，是我認識的人……呃，就像上面寫的……」

「那樣真的行得通嗎……？」

「沒、沒問題……應該……一定。總、總之我想請ＫＡＮＯ先確認！」

「哇……最後也有我的名字……！」

「那麼可以直接把這封信寄出去吧……？」

「……如果那傢伙真的在那裡……的確……」

「咦……？」

KIDO低聲說了什麼，接著馬上抬頭看過來。

「——不，假如那傢伙真的存在，這是很好的作戰。說不定是我們現在唯一的對策……真有妳的，新來的。」

「……是！謝謝稱讚！那、那麼我寄出了……！」

好開心。

這或許是到目前為止，最讓我開心的稱讚也說不定。

加入目隱團真是太好了。

「那個那個……我完全搞不懂妳們在說什麼……」

「啊，MARI……呃……我、我會打信號！在那之前妳要跟我在一起。知道嗎？」

「……？嗯！我知道了！我會加油！」

在這個作戰中，要是我和MARI的默契不好就會前功盡棄，但是也只能未經排練，在正式進行時自己看著辦了。

雖然懷抱一絲不安，不過應該會順利……一定要順利！

拿在手上的ＫＩＤＯ手機收到電子郵件。

雖然才寄出不久……不出所料是ＫＡＮＯ傳來的。

『標題：很有趣！

本文：ＫＩＳＡＲＡＧＩ的作戰太有趣了！ＫＩＳＡＲＡＧＩ提到的她應該存在！從剛才就一直傳來說話聲，不過是開朗的好孩子！總之我先去確認一下，妳們可以在不被發現的狀況下過來附近嗎？還有因為很無聊，我又拍照留念了——』

看到這裡，連附加檔案的圖片都不打算開啟，面對「要刪除這封電子郵件嗎？」的提問，直接選擇「是」。

「那個，好像沒有問題！」

「啊啊，是嗎？」

ＫＩＤＯ似乎查覺ＫＡＮＯ有多白痴。

「他說要在不被發現的狀況下過去附近，沒問題嗎？」

「只要不撞到人就沒問題。但是千萬不能掉以輕心，因為對方手上有槍。」

「嗯！」

作戰終於開始。三人緊靠在一起走到大通道。

看了一眼樓層深處，人質全都聚集在牆邊。

「這樣看來真的是人質……到了現在才第一次有真實感。」

「我也是。喂，ＭＡＲＩ，不要離我太遠。」

「嗯！」

ＭＡＲＩ在人多的地方明明表現地十分膽怯，然而面對持槍的恐怖分子，表情卻與平常沒有兩樣。就某種意義來說，說不定她也是個人才。

話說雖然我也很緊張，不過看到恐怖分子近在眼前，不可思議地沒有感覺很害怕。

沿著通道走到最接近的距離，發現ＫＡＮＯ與哥哥坐在之前看不到的死角。

「……那個白痴真愛找麻煩。稍微躲藏一下啊，笨蛋……」

「……哥哥果然也是一臉認真……他平常很膽小，看到他露出充滿自信的表情，心裡想的應該跟我一樣。」

「因為是兄妹所以有相似的地方吧……呃，ＭＡＲＩ……妳在做什麼？」

「咦，因為覺得這個很帥……」

ＭＡＲＩ手拿不知道從哪裡找來的電動按摩器。

從她的表情看來，應該是打算當成武器吧。

「……嗯，算了……晚點要放回去喔……」

「嗯！之後再還。」

「啊哈哈……那麼先從這條通道繞到裡面吧。」

從大通道走進小通道，應該是主嫌的鬍鬚男坐在鐵門前面。從他一副無聊玩著手機的模樣看來，有種所有事情都按照預定進行的從容感。

「主嫌應該就是那傢伙吧？好兇惡的臉……」

「的確是他。一副天生沒救的臉。」

「好、好可怕……」

他應該沒想到自己的外表會被批評到這個地步吧。

不過眼前是個極為兇狠的犯罪者。

連恣意生長的鬍鬚，看起來都像在強調男子的殘暴。

「啊，ＫＡＮＯ在這裡……」

「妳現在才發現嗎……？」

「嗯。因為剛才我去拿這個……呃，咦？奇怪……？哇啊！」

「啊，喂……！」

想要舉起電動按摩器的ＭＡＲＩ被電線纏住腳，大大摔了一跤，電動按摩器因此瞄準鬍鬚男飛過去。

「嗚哇啊啊啊啊啊啊啊啊！」

MARI與KIDO異口同聲發出慘叫。即使伸手想要挽救，電動按摩器仍然無情地擊中鬍鬚男的後腦勺。

鬍鬚男的表情因為痛苦而扭曲。此時KIDO迅速滑過去，在電動按摩器落地之前接住。三個人急忙跑進小通道。

「妳是白痴啊？想死是不是？」

「噫……對、對不起～……」

「啊～還以為死定了……原來真的有走馬燈……」

一屁股坐在通道的同時，傳來鬍鬚男發狂大吼的聲音以及手下的慘叫。

啊啊，真是抱歉，那個手下……不過就當成是你做壞事的懲罰吧……

在那之後過了一會兒，ＫＩＤＯ寄放在我這裡的手機收到ＫＡＮＯ寄來的電子郵件。

『標題：好像沒問題～

本文：不知為何ＫＩＳＡＲＡＧＩ的哥哥說出只要有空隙勝算是百分之一百的發言！總覺得事情越來越有趣了！話說回來剛才那個……太棒了（笑）』

從通道探頭看了一眼人質的方向，便看到ＫＡＮＯ露出詭異笑容站在一臉認真，好像在等待什麼機會的哥哥背後。

郵件還有後半段。

『話說也差不多膩了，想快點回去。啊，我和ＫＩＳＡＲＡＧＩ的哥哥說一聲，等待鬍鬚男下一次廣播喔～』

「果然沒有問題的樣子。就來進行剛才的作戰吧！」

「好，那麼……上吧……！」

「說得也是……總覺得已經不想再看到那個滿臉鬍鬚的傢伙……！」

「不、不用跟那個人道歉沒關係嗎……」

「在我說好之前，妳不要離開我。」

「咦，嗯？我知道了！」

MARI和剛才一樣，緊緊抓著KIDO連帽外衣的衣角。

「那要上了……」

「好……咦？是不是開始廣播了？」

再次走出大通道時，第二次的廣播開始了。

「啥……？太快了吧……！喂！MARI！動作快！」

「咦？咦？什麼？——哇啊！」

我帶頭走在前面，KIDO拖著MARI走向電視區。

通過大通道，抵達與鬍鬚男等人隔著人質的另一邊。

右邊牆上可以看到展示著幾十台大型電視。

「很好……！趕上了……」

但是下一個瞬間便看到哥哥被剛才發狂的鬍鬚男一把抓住胸口。

「哥、哥哥……」

「喂！妳過去做什麼！剛才的作戰時機只有妳知道吧？」

「……！」

話是沒錯。可是現在哥哥……！

「……K、KISARAGI！」

「咦……？」

MARI突然握住我的手。

「雖然我不太清楚狀況……不過沒問題的！」

MARI以更強的力道握住我的手，看著我的眼睛。

「……一定會順利的！」

聽到這句話的瞬間，一切聲音都從我的世界消失。

眼睛裡好熱。感覺所有神經都集中在視覺。

我現在明確知道所有人的「目光」看向哪裡。

「……嗯！」

慢慢呼吸，接著集中精神。

這層樓的恐怖分子有九個人。如果是這裡，可以清楚知道他們大概在什麼地方。

「團長！從左邊算來第三台42吋電視！首先從那麼開始！」

「收到。喂，MARI，走吧。」

「嗯、嗯……！」

三個人並排站在我指定的電視下方，把手放在上面。

再來就是等待時機。

我比誰都清楚人們「目光」集中的瞬間。

「……啦……」

……再等一下……還沒……！

「像你這種混帳傢伙，最好是蹲一輩子的苦牢啦！」

明明是不可靠的哥哥，別隨便搶走帥氣的場面。

當那句話響徹樓層的瞬間，所有人的視線集中了。

從現在開始，我要一個不留地「奪取」那些「目光」！

「就是現在！麻煩了！」

趁勢把電視砸到地上。

瞬間所有的視線都集中在粉碎的電視上。

注視電視的所有人同時吸氣的瞬間，繼續推倒電視下面的喇叭。

「接下來是哪裡？」

「接下來是……！那裡！那個櫃子！」

「……與其說是吸引目光，比較像是聚集仇恨吧。」

「啊哈哈……有一點。」

鬍鬚男單手拿著手槍走近。

「誰在那裡——？」

「一、二、三！」

伴隨吆喝聲，一起用力踢倒商品陳列櫃。

「唔喔喔喔？」

櫃子一邊撒落物品，一邊壓在鬍鬚男的身上。

「再來是……！」

往倒塌櫃子的方向一看，只見哥哥起身衝出去的模樣。

他完全沒有注意到這邊，以下定決心的表情經過我們身邊。

「再來拜託了，ＥＮＥ。」

不由得小聲說了一句。

理所當然沒有回應，我也不抱持任何期待。

聽到哥哥呼叫她的聲音，影像閃過螢幕。

這樣就結束了——腦中出現這個想法的瞬間……

——傳來一個槍聲。

「……？」

轉頭只看到哥哥趴在電腦前面。

「……咦……？」

「該死……！那群人居然開槍……！」

轟隆的馬達聲響起，鐵門也在此時開始上升。

「……哥哥！」

趴倒在地的哥哥沒有站起來。

KANO往哥哥的身邊跑去。

「喂，KISARAGI！鐵門已經打開了！動作快！」

「——！」

鐵門升高到二十公分左右，看得到想要強行進入的警察腳尖。

KANO見狀也忍不住大喊。

樓層的騷動到達最高潮。

幾名恐怖分子用手指著鐵門，以陷入混亂的模樣大吼大叫。

鐵門繼續往上升，要是警察與恐怖分子正面交鋒展開槍戰，或許會出現更多的傷者。

「KISARAGI——！」

「我知道……！」

為了盡快拯救哥哥，非做不可……！

「MARI！」

「嗯！」

「……上吧！」

在我點頭的同時，KIDO解除施展在我身上的能力。

在那個瞬間，包含恐怖分子在內，感覺在場所有人的「目光」毫無意義、理由、嗜好，只是一味集中過來。

「……我是KISARAGI，如月桃。今年十六歲——是個偶像！」

——寂靜。

在這個瞬間「奪取所有人的目光」。

「接下來拜託了……！ＭＡＲＩ！」

ＭＡＲＩ走到我的面前。

那是可以遮住我，以及一切視線的位置。

ＭＡＲＩ與除了我們之外在場的「所有」人「眼睛對上」的瞬間舞動頭髮，露出紅色——鮮紅色的眼睛開口：

「抱歉了。」

——那句話聽起來彷彿是暫停時間的魔法。

「攻堅——！……？」

聽到鐵門嘎啦嘎啦拉開的聲音與腳步聲。

警察似乎衝進來了。

人質當然不用說，恐怖分子別說是抵抗，而是全體凝視同一個地方僵硬不動。

然而視線的前方沒有半個人影。

更正確的說法，是沒有人能夠辨識。

「目隱結束……了吧。」

KIDO或許是因為安心，只見她長嘆一口氣。

眼睛充血，疲勞全都寫在臉上。

「……！哥哥！」

我跑向倒在地上的哥哥。

「……KANO！哥哥怎麼樣？」

幫忙查看哥哥情況的KANO，露出平常看不到的嚴肅表情。

「……很遺憾……」

騙人……！怎麼會……！

「——很遺憾，這個人只是被子彈稍微擦過，就此暈過去了。」

哥哥露出痛苦的表情，說些「請饒了我……我太衝動了……」的囈語。

……真是夠了，原本還覺得哥哥很帥氣，我要撤回前言。

——笨蛋哥哥果然是笨蛋哥哥。

警察雖然確實逮捕恐怖分子，還是對所有人一動也不動感到十分驚訝。那也難怪，因為就連人質也都變得僵硬。

「喂，沒事吧！喂！喂？」

「總、總之先把犯罪集團抓起來！喂，櫃子下面還有一個！過去抓他！」

在忙碌地跑來跑去的警察之中，我、ＫＩＤＯ、ＫＡＮＯ一起稍微慶祝作戰結束。

「話說回來，居然能想到這個辦法。讓所有人的視線對上ＭＡＲＩ的眼睛。」

「雖然猜到哥哥會幫我們打開鐵門，不過要是發展成為槍戰就糟了。然後在我思考如何暫停大家的動作時，剛好想起ＫＡＮＯ變得僵硬的那一幕……」

「哼，原來白痴也是有點用的。」

「咦，這個說法太過分了！啊，對了，ＫＩＤＯ，看過照片了嗎？照片。」

「刪除了。」

總之終於可以鬆口氣。警察似乎結束逮捕，不過接著是對所有人僵硬一事吵吵鬧鬧。

「總算解決一件事……對吧？」

「是啊……都是多虧有妳。做得好！」

「咦？不……嘿嘿……咦，對了，ＭＡＲＩ……」

突然發現ＭＡＲＩ不在身邊，看了一下周圍，很麻煩的狀況躍入眼中。

拿著電動按摩器的ＭＡＲＩ，正在接受一名警察的盤查。

「唔哇啊啊啊啊啊啊啊！」

我與ＫＩＤＯ再次一起發出慘叫。

「那、那個笨蛋……！居然把那個拿回去放！」

「哇啊啊啊……怎、怎麼辦？這下子不太妙吧？」

「噗呵呵……啊啊，那是敲到鬍鬚男的電動按摩器！可是為什麼……那是什麼笑話嗎！

噫……肚、肚子好痛！」

「你給我稍微安靜一點！可惡……該怎麼辦……」

KANO被KIDO揍了一拳，倒在地上。

在如此互動之中，警察陸續來到MARI身邊。

一副快要哭出來的MARI，努命向警察訴說什麼。

「團、團長……MARI是不是指向我們這邊……？」

「喂、喂，笨蛋別這麼做……」

「唔、唔啊！過來了！喂……KANO擋路！快點站起來！」

「我被……KIDO……打中心窩……」

「喂……快站起來！喝啊啊啊……」

在ＫＩＤＯ發出沒用聲音的瞬間，朝這裡走近的一名警察被ＫＡＮＯ絆倒。與此同時，那名警察發出「哇啊啊啊！」的慘叫聲，一屁股跌坐在地。

「快……」「快……」

「快逃啊！」「快逃吧！」

我與ＫＩＤＯ同時跑過去，總之我先跑向ＭＡＲＩ身邊。

從警察之間抓住她的手，ＭＡＲＩ發現是我，臉上露出安心的表情。

被留在原地的警察發出「妳要去哪裡？等一下！」的叫聲，不過不加理會繼續奔跑。

只是現在該怎麼做……！

在我如此思考的下個瞬間，整層樓突然傳來嘈雜的聲音。ＭＡＲＩ的石化能力終於解除了。警察們的視線瞬間往那邊看過去。ＫＩＤＯ沒有錯過這個瞬間。

我們應該再度消失了吧。

轉回視線的警察不禁發出「消……消失了？」為之動搖的聲音。

「喂，KISARAGI！繼續待在這裡很不妙！快點離開！」

「好、好的！啊……可是……！」

「……喂，KANO！你去揹KISARAGI的哥哥！」

「咦咦？為什麼我要做那麼麻煩……一點也不麻煩，我好想揹他。嗯。」

「KANO這樣好噁心……」

多虧KIDO緊握的拳頭，成功讓KANO揹起哥哥。

趴在KANO肩上的哥哥發出「噫……拜託饒了我……」讓人想摀住耳朵的囈語。

「啊！對了！……ENE！妳在嗎？」

拔掉連接電腦的手機出聲詢問，傳來活潑女孩的聲音。

『喔喔？這個聲音是主人的妹妹！您來購物嗎？主人現在怎麼樣了？』

「呃，這個嘛……有什麼話之後再說！妳要和我一起來嗎？」

『完全沒有問題！要去遊樂園嗎？』

「不、不……不是……？」

「喂！要出去了！」

「唔，嗯！」

快步離開，朝著樓梯的方向前進。

啊啊，今天到底是來這裡做什麼……更換手機與購買杯子的任務都沒有達成啊。

……不過若是說達成一件事……

我看了一下ＭＡＲＩ的臉，她已經氣喘吁吁。

「嘿，ＭＡＲＩ。」

「什、什麼……ＫＩＳＡ……ＭＯＭＯ！」

「——！我今天……很開心！」

聽到這句話的MARI瞬間反應不過來，不過很快露出笑容回應：「我也是。」

「……謝謝妳！」

『——妹妹、妹妹！』

從放在口袋裡的手機傳來ENE的聲音。

「嗯？什麼事，ENE？」

『是那個吧……？這就是傳說中的「百合」嗎……？吶，妹——』

我關掉手機電源，將手機塞回口袋裡。

「百……百合花怎麼了？很漂亮喔——」

「沒、沒什麼！MARI可以不用在意！」

「……？」

剛剛因為跑步有些流汗，現在卻因為完全不同的理由冒汗。

ENE這種少根筋的部分，真要說來或許和哥哥很合得來。

「好，就這麼下樓吧！」

抵達樓梯之後，背後傳來誇張的嘆息聲。

「那個……我真的要揹著KISARAGI的哥哥走樓梯嗎？七樓耶……？」

「下了樓梯之後是外面。」

聽到KIDO的發言，就連KANO也露出絕望的表情。

「嗚嗚……」

「對不起KANO，我家的笨蛋哥哥麻煩你了……慢、慢慢走──」

「真的是她！就是小桃本人！絕對沒錯！」

我正要提議慢慢走時，原本是人質的人群傳來這個聲音，大家忍不住看著彼此。

「她一定還在附近！就說是她救了我們！」

就算警察企圖控制場面也沒有用，嘈雜的音量越來越大。

「看來好像……不能慢慢來了？」

「對、對不起……那個……」

「唉……今天到底是什麼日子……」

「我、我不行了……」

從窗戶射進來的陽光，還是釋放強烈的光芒。

外面一定是熱到讓人想哭的地步吧。

蟬有如笨蛋放聲鳴叫，肯定還有晃動的陽炎。

雖然還是有些憂鬱，不過與以前的「那個」有很大的不同。

今天，8月14日。

——我絕對不會忘記。

終章

8月15日。終於結束漫長的一天。

沒想到真的在遊樂園玩了一整天……

姑且不論ENE，連妹妹和她的朋友們也一起來了，完全是出乎意料。

到底是什麼地方出了問題……

＊

時間回到今天早上。

神清氣爽的感覺完全不像經歷大事，真是不可思議的起床。

若是「在醫院的病床上醒來」還比較能夠理解。

不過醒來的地方卻是梅杜莎與透明人（？）所在的神祕組織巢穴的房間裡，我在自己不知道的時候被那個團體救了一命，妹妹又不知何時加入這個團體。

……我明白你們搞不太懂我在說什麼，不過你們放心。

老實說我才是最搞不懂的人。

從妹妹那裡聽到的來龍去脈太過超出常軌，雖然進行多次重覆的問答，不過搞了半天還是不太懂。

不過試著交談之後，意外發現妹妹的朋友是一群不錯的傢伙。

由於我平常只跟個性莫名其妙的軟體說話，所以有些過度評價也說不定。

不過至少名叫ＫＩＤＯ的那傢伙還挺正常的。

幫我準備的早餐也很好吃，有居家的一面。

……如果扣掉眼神總是很兇這點，說不定是包含我在內的這群人當中最正經的一個。

確實是個詭異的團體，似乎還跟妹妹商量了關於「目光」這個煩惱。還有這是妹妹第一次向我介紹「朋友」，我也很快跟他們混熟了。

比起這個，最麻煩的傢伙是ＥＮＥ。

那傢伙居然和妹妹有所聯繫……

她該不會把我私藏的圖檔寄給她吧……？

啊啊……好像會……好恐怖……拜託不要……身為哥哥的威嚴……

擔心性癖曝光的我就連在遊樂園也只想著這件事，老實說，已經不太記得玩了什麼。

我只是依照ＥＮＥ的要求，玩過各式各樣的遊樂設施。

不過偶爾這樣或許也不錯。

好像沒有這種感覺了。

＊

離開遊樂園之後，走了一段路。

話說回來，我揹的這個孩子，到底家裡蹲到什麼地步？

沒想到居然有人比我體力更差……

「抱歉。這傢伙真是的，居然自己興奮到暈倒……」

「不，SHINTARO這樣不是很好嗎！揹女孩子或許是一輩子都沒有的經驗喔？」

「真的，哥哥既膽小又是二次元宅，說不定這輩子再也沒有這種經驗了。不過話說回來，ENE，遊樂園很有趣吧～～！」

『呀啊！玩得超開心的！尤其是主人叶得亂七八糟，真是太棒了！回去之後我把照片寄給大家！』

「喔喔！ENE的品味不錯～～！那麼我用MARI的珍藏照片交換……」

『喔喔喔！高眼角男，真有你的……！好啊！』

「不……不要……給別人看……」

「喂，MARI，既然醒了就自己走。SHINTARO也累了。」

「再……再一下就好……」

「啊哈哈……咦，奇怪……？」

「嗯？」

「……出事了嗎？」

走在從大馬路轉進去的小路時，正好看到小公園前面聚集人群。

救護車似乎剛好抵達，搬運擔架的救護人員緊急疏散圍觀的人群。

從人與人的縫隙，看到中心有個年紀與我差不多的青年。
他把手撐在地上，擔心地看著躺在地上的少年。
倒地的少年雖然不清楚正確的年紀，不過大概10歲吧……？

「……年紀好小。」

「嗯。受傷了嗎……？」

KIDO與KANO低聲交談。
少年看起來沒有明顯外傷，不過好像失去意識。
只是我們也沒有辦法做什麼。
當我移開視線準備走過時，發現ENE有些不對勁。
『……！』
「……ENE？妳怎麼了？」
『……KONOHA……？』

大江

「咦……？妳說什麼，ＥＮＥ？」

少年被搬上救護車，青年也一起上車。

救護車再次鳴笛，就此離開現場。

『……妹妹！可以去追剛才那個人嗎？』

「咦、咦咦？為什麼？」

『別管那麼多快追！拜託……！』

「哥、哥哥……？」

「怎麼了ＥＮＥ？發生什麼事了？」

『……為什麼、為什麼他會……？』

8月15日下午5點，「防災行政無線」（註：由政府所設立，用來傳達緊急狀況的無線電廣播。同時也會在固定時間響起，通知小朋友已經是回家的時間）在市中心響起……

——於是我們漫無止境的「一天」，接下來才要開始。

～後記「讓人想閉上眼睛的內容」～

我是じん。

不知道大家覺得《KAGEROU DAZE 陽炎眩亂 -in a daze-》如何呢？

這次藉由創作與我的首張專輯「メカクシティデイズ」關連的小說，把專輯中的四首樂曲的故事為構想寫成小說。

在今後的小說裡，預定寫出其他樂曲的故事。

不過這部小說或許會超出預期，在下一集變成「平淡描寫女孩子們的日常與有點色色的校園愛情喜劇」也說不定。

……那樣或許也不錯吧。

對了對了，登場角色的名字也會在這部小說公開，幫登場角色用花的名字命名之後，感覺這種命名方式還挺時尚的。

在這個過程當中知道玫瑰裡面，有種名叫「TCHIN TCHIN」的玫瑰。

真是時尚的名字。

在義大利文裡「CHIN CHIN」好像是「乾杯」的意思吧？

那一定是在形容玻璃杯輕輕碰撞的聲音吧。

就是這樣，我創作了小說，不過真的很辛苦。

還以為會死。

同時製作專輯與創作小說，還舉辦演唱會，行程滿到連沒時間讚美TCHIN TCHIN。

所以這個後記彷彿是從那些咒語之中解放，一邊讚嘆TCHIN TCHIN的美麗一邊寫的。

過度讚嘆TCHIN TCHIN的美，花了將近兩個小時才寫到這裡。

寫的速度很慢，真是抱歉。

啊，我當然是指玫瑰喔？

題外話，我在網路玫瑰圖鑑之類的地方，看到TCHIN TCHIN的項目寫著「微香」。含蓄的氣質讓人感覺更加高雅。

啊，TCHIN TCHIN讓我想起在奈及利亞有名叫「CHINCHIN」的點心。

也是很有品味的名字吧。

拿來為食物命名也很了不起。

在奈及利亞「一邊欣賞TCHIN TCHIN一邊吃著CHINCHIN（點心）的午後……」這個畫面真是太時尚了……

……啊！已經沒有頁數了！

就是這樣，寫出一篇很高雅的後記，有機會下一集的後記再見吧。若是有機會……！

那麼今後也請多多支持指教。

じん（自然の敵P）

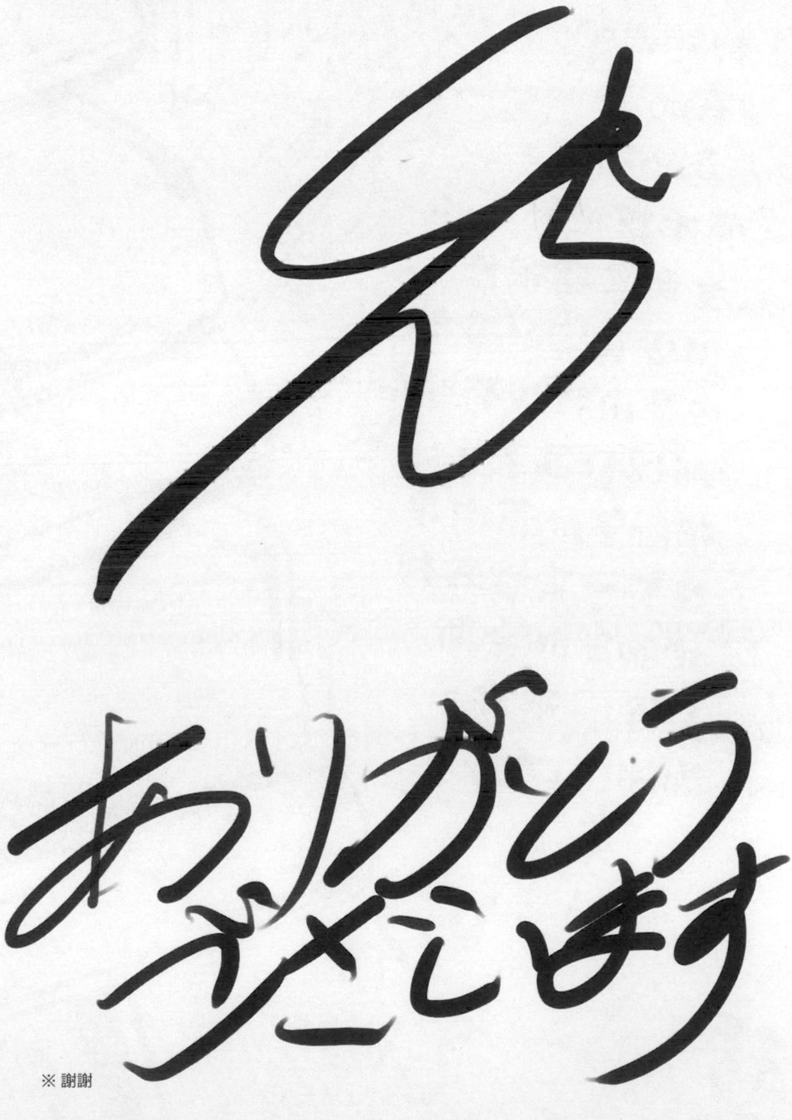

※ 謝謝

後記
我想應該
有很多人
都知道吧，
我的字
真的很醜。
原本想把帥氣的
主角畫得很大，
減少寫字的空間，
但是由於沒有時間，
所以只能畫出感覺
很帥氣的蔥肉串。
在下一集裡我想
把帥氣的主角
畫得很大。
謝謝大家。
レヴ

祝賀留言★

@しゃいーかんぷー

《KAGEROU DAZE
陽炎眩亂 -in a daze--》
終於發售了！恭喜！
HIBIYA 今後將會
做出什麼蠢事……
越來越無法移開目光!!!

恭喜《KAGEROU DAZE
陽炎眩亂-in a daze-》
發售！
@りゅうせー
強力
推薦
小桃。
小說化
一直以來辛苦了！
恭喜小說化！
可喜可賀！每次看到
從じん桑、じつ桑、
わん桑的世界誕生
各種作品並且推出，
心情總是既開心又
帶點不甘心。
不管怎樣！
今後也會給予支持！
請繼續加油！
＊基本上
我是負責設計
目隱團官方網站
圖示……

恭喜
陽炎企劃小說化！

じん桑的作品
總是讓身為創作者的我
感到不甘心，
也讓身為粉絲的我
一邊感到滿心期待
一邊看下去。
今後還請創作出
更多讓人
歡樂期待的
作品！

石風呂

©2013 Takeru Kasukabe, Yukiwo

Kadokawa Light Novels

我的腦內戀礙選項 1~5 待續

Kadokawa Fantastic Novels

作者：春日部タケル　插畫：ユキヲ

三美女養眼的澡堂赤裸私密對話！
本集的戀愛進度大幅邁進！

　　袠可拉、富良野和謳歌都承認自己愛上奏？而且奏本身一點感覺也沒有……？（←爆炸吧你）企盼已久的「戀愛喜劇」終於開始！然而在激烈的後宮戰場上，【絕對選項】卻端出了鬼才敢選的【選吧：①讓地球消滅。 ②讓宇宙消滅。】來攪局？

各 NT$180~190/HK$50~55

台灣角川

Kadokawa Light Novels

©2012 Rin Murakami, Anapon

想變成宅女，就讓我當現充！ 1~5 待續

Kadokawa Fantastic Novels

作者：村上凜　插畫：あなぽん

小明的祕密大作戰！
直擊阿宅哥哥的交友關係！

身為阿宅腐女子的我——柏田明，最近非常不爽。理由是大我三歲的笨老哥上了高中之後，竟然跟女人去購物、買衣服。還去賓館跟女人玩Cosplay！這……這該不會是他腦補出來的吧？

那些女人要來家裡？我得監視直輝，不能讓他做出奇怪的事！

台湾角川

各NT$180/HK$50

©SHIDEN KANZAKI 2013

Kadokawa Light Novels

黑色子彈 1~5 待續

Kadokawa Fantastic Novels

作者：神崎紫電　插畫：鵜飼沙樹

蓮太郎莫名被當成殺人嫌犯，拚死展開逃亡！
「新世界創造計畫」的強敵陸續襲來——

不久的未來，人類敗給病毒性寄生生物「原腸動物」，被驅逐至狹窄的領土，帶著恐懼與絕望苟且偷生。居住於東京地區的少年里見蓮太郎是對抗原腸動物的專家「民警」成員，專門從事危險的工作。某天接獲政府的高度機密任務，內容是避免東京毀滅……

各 NT$180~220/HK$50~60

台灣角川

Kadokawa Light Novels

©Katsuyuki SUMIZAWA 2013 ©SOTSU・SUNRISE

新機動戰記鋼彈W 冰結的淚滴 1~7 待續

Kadokawa Fantastic Novels

作者：隅沢克之　插畫：あさぎ桜、KATOKI HAJIME

TV版、OVA版劇情編劇所帶來的新生「W」誕生——
《鋼彈W》數十年後的世界，各懷思緒的新世代出動!!

為了解救希洛一行人，W教授、迪歐、弗伯斯前往莉莉娜市，卻在途中遭遇交戰中的娜伊娜、米爾、卡特莉奴所操縱的有人型Mars Suit和拉納格林共和國派出的畢爾哥部隊。眼見這般危機，他們將採取何種行動——？

各**NT$180/HK$50~55**

台灣角川

©SHINJIROH DOBASHI 2012

Kadokawa Light Novels

逃離樂園島 1~2（完）

Kadokawa Fantastic Novels

作者：土橋真二郎　插畫：ふゆの春秋

沖田取得了遊戲主導權，
逃脫遊戲終於要進入高潮！

利用他人的人與被利用的人、男生與女生，雙方的力量關係不斷浮上檯面，逃脫遊戲在這個狀況下持續進行著。對遊戲趨勢不滿而崛起的女生團體，諸多事件的爆發讓遊戲更加混亂，但「逃離」的條件依舊模糊不清……抓住最後勝利的人到底又會是誰？

各 **NT$180/HK$50**

台湾角川

Kadokawa Light Novels

©Takumi Hiiragiboshi 2013

絕對雙刃 1~3 待續

Kadokawa Fantastic Novels

作者：柊★たくみ　插畫：淺葉ゆう

孤島特訓課程卻遇到意想不到的人
滿懷惡意的「品評會」即將揭幕——！

「焰牙」——那是藉由超化的精神力，將自身靈魂具現化所創造出的武器。我與茱莉隨大家一同航向南洋小島，體驗為期一週的濱海課程。但在前往宿舍的途中，我們遭到兩名使用「焰牙」的黑衣人襲擊，其真面目竟是曾在「資格之儀」上敗給我的女孩……？

台湾角川

各 NT$180~200/HK$50~60

©HIKARU SUGII 2013

Kadokawa Light Novels

樂聖少女 1~3 待續

Kadokawa Fantastic Novels

作者：杉井 光　插畫：岸田メル

一封來自普魯士的邀請讓小路重新振作，
然而，在她身上卻發生了可怕的異變——

一封來自普魯士王國的再度公演邀請，使小路樂得重新振作，但她的聽力卻開始減弱。我在找尋病因的過程中，發現了貝多芬不為人知的過去及更神祕的不解之謎。儘管懷抱諸多不安，我們依然決定啟程，沒想到拿破崙也偏偏挑在這時進軍普魯士——

各 NT$220~240/HK$68

台灣角川

Kadokawa Light Novels

©2012 Kei Sazane, Akira Caskabe

不完全神性機關伊莉斯 1~2 待續

Kadokawa Fantastic Novels

作者：細音 啓　插畫：カスカベアキラ

把伊莉斯交給我吧。
你根本沒能力扶持不完全神性機關！

好不容易撐過定期測驗，凪受班上同學之邀前往海邊。享受著海洋風情的眾人，在那裡認識了一位名叫莎拉的少女。備受眾人照顧的她，和凪獨處的時候卻忽然大叫「閉嘴，愚民」，並顯露出本性來——人企圖獲得伊莉斯的少女，其真正身分和目的究竟是!?

各NT$180/HK$50

台灣角川

©CHIKOTO 2013 Illustration：spirtie

Kadokawa Light Novels

我那末出生的女兒住在地獄深處

Kadokawa Fantastic Novels

作者：值言 插畫：spirtie

下地獄赫然發現有個正值青春期的女兒!?
第三屆台灣角川輕小說大賞銅賞得主全新力作！

降魔無數的名人堂級惡魔獵人——約翰．楊格，因受洗資料錯誤，死後不但上不了天堂，反而下了地獄！正煩惱無家可歸時，赫然發現自己有個女兒住在地獄？於是，他被迫與正值高中生年紀的傲嬌女兒琉璃同居，展開一段愛與血淚交織的打工＆家庭生活！

NT$220/HK$60

台灣角川

Kadokawa Light Novels

©2012 Ninj @ Entertainment

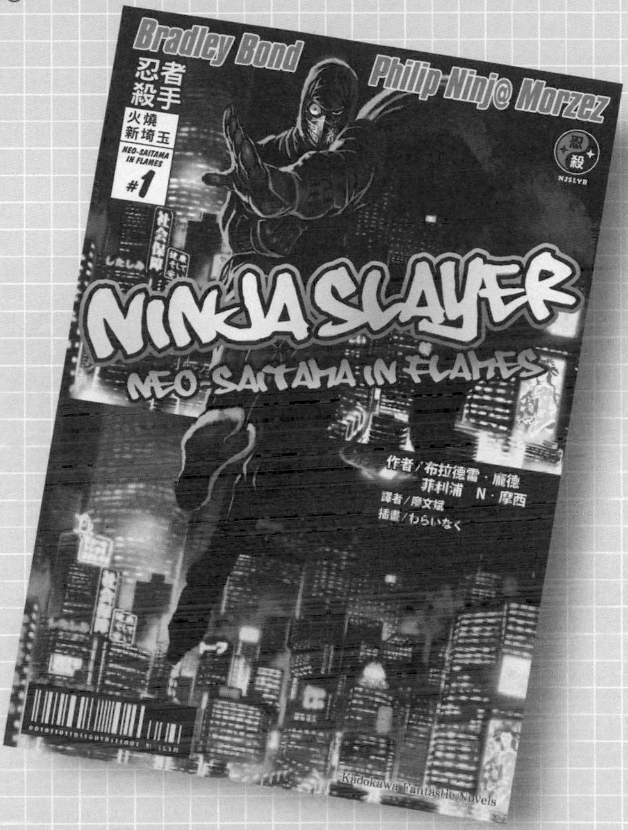

忍者殺手 火燒新埼玉 1 待續

Kadokawa Fantastic Novels

作者：布拉德雷．龐德／菲利浦．N．摩西　插畫：わらいなく

在twitter上掀起狂熱的翻譯連載小說終於出書！

普通的上班族藤木戶健二，他的妻子在忍者鬥爭中喪命。當他也面臨自身性命存亡的危機時，竟然被謎之忍者靈魂附身了！鬼門關前走一遭的藤木戶，從此成為「忍者殺手」，專門追殺忍者，為了復仇而戰！

台灣角川

NT$260/HK$75

國家圖書館出版品預行編目(CIP)資料

KAGEROU DAZE陽炎眩亂. 1, in a daze /
じん(自然の敵P)作 ; 劉蕙瑜譯.
-- 初版. -- 臺北市 : 臺灣角川, 2014.02
面；　公分.

譯自：カゲロウデイズ. 1, in a daze
ISBN 978-986-325-789-9（平裝）

861.57　　　　102026294

Kadokawa
Fantastic
Novels

KAGEROU DAZE 陽炎眩亂 1
-in a daze-

（原著名：カゲロウデイズ -in a daze-）

2014年2月4日 初版第1刷發行
2014年7月10日 初版第5刷發行

作　　者：じん（自然の敵P）
插　　畫：しづ
譯　　者：劉蕙瑜

發 行 人：塚本進
總　　監：施性吉
副總編輯：蔡佩芬
主　　編：吳欣怡
文字編輯：黃怡珮
美術副總編：黃珮君
美術主編：許景舜
印　　務：李明修（主任）、張加恩、黎宇凡、張則蝶

發 行 所：台灣角川股份有限公司
地　　址：105台北市光復北路11巷44號5樓
電　　話：（02）2747-2433
傳　　真：（02）2747-2558
網　　址：http://www.kadokawa.com.tw
劃撥帳戶：台灣角川股份有限公司
劃撥帳號：19487412
法律顧問：寰瀛法律事務所
製　　版：尚騰製版印刷有限公司
ISBN：978-986-325-789-9
香港代理：香港角川有限公司
地　　址：香港新界葵涌興芳路223號
　　　　　新都會廣場第2座17樓 1701-02A室
電　　話：（852）3653-2804

※本書如有破損、裝訂錯誤，請寄回當地出版社或代理商更換。

©2012-2014 KAGEROU PROJECT / 1st PLACE
Edited by BOOK WALKER Co.,Ltd.
First published in Japan in 2012 by KADOKAWA CORPORATION ENTERBRAIN
Chinese translation rights arranged with KADOKAWA CORPORATION,Tokyo.